誓約の恋愛革命

青野ちなつ

Illustration
香坂あきほ

B-PRINCE文庫

※本作品の内容はすべてフィクションです。
実在の人物・団体・事件などには一切関係ありません。

CONTENTS

誓約の恋愛革命

駅から歩いて七分。大通りからひとつ中に入った閑静な通りにそのビルはあった。

「入っていいんですか」

「そのために来たんだ。ちゃっちゃと入ってこい」

来い来いと指で合図する泰生《たいせい》に従い、潤《じゅん》も立ち入り禁止用のチェーンをまたいでビルへと入った。人気《ひとけ》のないファサードを抜けると、新しい建物の匂いが鼻をつく。

「んー、思ったより出来てるな。一階二階はもう入れるんじゃないか」

お店の形態らしき空間の前を通りすぎながら、泰生が独りごちた。鮮やかなグリーンのシャツにナロータイを締め、ニット生地のジャケットをはおった泰生が踊るように歩いていく。

トップモデルとして世界を舞台に活躍している泰生だが、今——好奇心旺盛《おうせい》な様子で建物内を見回している顔は、まるで秘密基地を探検する少年のように無邪気《むじゃき》なものだ。泰生の楽しげな横顔や歩調に合わせて長めの黒髪が陽気に弾むのを眺めていると、潤まで楽しくなってくる。

首もとに巻いたストールをいじりながら、潤ももの珍しげに建物を眺めた。

「かっこいいビルですね。おしゃれだけど落ち着いてる感じがします」

ビルの中央に半階ほど下がった中庭があり、それを囲むように長方形や正方形の積み木のような箱が縦に横にと並ぶ建物だった。アーティスティックな建物だが、見た目だけが先行するような浮き足だった雰囲気はなく、どちらかというと堅実《けんじつ》な印象を受ける。

完成間近のビルらしいが電気はすでに通っているようで、足下にはオレンジ色の非常灯が灯っていた。そのおかげで、たまにあるコードや建材などを踏みつけずにすんでいる。

「一階と二階にはカフェとレストラン、他に家具工房のアンテナショップとアパレル系が二軒ほど入るらしい。三階四階はすべて事務所だな。デザイン事務所とあと何だったか」

奥まで進むとエレベーターがあり、潤は泰生と一緒に乗り込んだ。

「泰生。ここっていったい何なんですか」

休日、外で夕食を取ったあとに「ちょっと寄るところがある」と泰生に連れてこられたのがこのビルだ。

おしゃれな外観だが、まだ中身が何もない閑散としたビルは夜ということもあって少し怖い。こういう建物は人が存在してこそ完成するんだなと潤はしみじみ思ったが、泰生が寄りたいと言った理由はまったく思いつかなかった。

「もしかして、このビル内のショップの演出でも任されたんですか？」

「お、鋭《するど》いな。でも、それは今すぐじゃないし今日の目的もそれじゃない」

エレベーターが着いたのは三階だ。エレベーター前の中庭が見渡せるちょっとしたフロアには大きな扉が左右にあるだけ。そのひとつを、泰生がセキュリティカードのようなものをかざして開ける。

横に長い空間だった。中庭に面して腰高窓《こしだかまど》ならぬ腿《もも》の高さの出窓があり、反対側の壁には上階へと続く階段がある。むき出しのコードや建材さえ丸見えの、まだ何にもないがらんとした空間だった。

「ここが目的地ですか？」

非常灯がないために室内は暗いが、暗さに慣れた目には外から入ってくるわずかな明かりだけで十分見て取れた。キョロキョロする潤に、泰生は心外そうに振り返ってくる。

「何だ、思いつかないのか。潤はなかなか薄情なヤツだな」

「えぇ～」

泰生の言葉を受けて、潤は必死で頭を悩ませる。そんな姿を見て泰生は小さく笑った。

「ここにおれの事務所を作るんだ、演出のな」

あっと潤は声を上げる。

そうか。とうとう事務所を持つんだ……。

モデルとしての『タイセイ』の方がまだ知名度も人気も高いが、泰生は他に演出家としての顔も持っていた。仕事を始めたのはここ最近で、まだ数は少ないがパーティーやショップイベントを魅力的に演出する泰生は、演出家としても偉才と評され始めている。

つい先月パリで行われたフランスのトップブランド『ドゥグレ』のイベント演出を手がけた

功績はその最たるもので、新しい仕事が幾つも舞い込んでいるようだ。ただ泰生としてはモデルの仕事も楽しいらしく、今のところごく絞って演出の仕事をしているという。

「すごいですねっ。とうとう本格的に演出の仕事を始めるんだ」

泰生の口からそろそろ事務所を持ちたいと聞いたことはあったが、まさかこんなに早く現実のものになるとは思わなかった。確か話を聞いたのはひと月ほど前のことだ。

「内装はまだこれからだが、あっちの仕切りの奥は資料ストックスペースの予定だ。応接スペースを作って、ここら辺に作業用の大きい机がどーんと来るな。あとは——」

泰生は指さしながら潤に配置を教えてくれる。泰生の頭の中ではもう事務所が出来上がっているようだ。話を聞くうちに、まだ何もない空間ではあるが夢とか希望とかそんなキラキラとしたものがいっぱいつまっているように見えてくる。

ここから始まるんだ。

潤は感慨深い思いで空間を見回した。

今までだって泰生は演出の仕事をしていたが、事務所を持つことで演出家としての地盤がさらに固まるような気がした。本格的な感じがしてちょっと感動する。泰生がビジネスマンになった感じだ。

いや、演出の仕事は一般的なビジネスマンとは違うんだろうけど……。

「まだ出来上がってないのに、入っていいんですか？」

「知人の持ちビルだからちょっとわがままを言ったんだ。夏前に知り合った同窓の男が——ああ、潤も会ってるんじゃねぇかな。浅香《あさか》の花屋のイベントにも来てたぜ、八重樫《やえがし》って男だ」

泰生が言うのは、この夏に彼が手がけたフラワーショップの一周年記念の演出の仕事だ。あの時はとにかく来店客が多くて、名前を聞いても残念ながら潤には誰だか思い出せなかった。

「先月、まだおれらがパリにいたときに別件の用事で八重樫さんに連絡を取って事務所の話をしたら、面白い物件があるってんでとんとんと話が進んでさ。ちょうど作っている最中だったから、いろいろ口出しさせてもらったんだ」

話をしながら、泰生は階段を上って四階へと歩き出す。三階の半分ほどの空間には道路側と中庭側両方に窓があって昼間はずいぶん明るそうだが、ここはどうやら社長室ならぬ泰生の個人的なスペースになるらしい。

「あー、コンセントはもう少し欲しいな。あと二カ所、いや三カ所作ってもらうか。あと、おれの部屋のドアはＩＣカードより顔認証か静脈認証のセキュリティが楽だろ」

四階を見回ったあと、また三階に戻ってきた泰生は今度は空間の細部をチェックし始める。潤は邪魔にならないように中庭の見える出窓に腰かけた。

「ここ、いつ完成するんですか？」

「んー。事務所として体裁が整うのは十二月に入ってからだろうな。おれも今忙しいし、倉庫に置いている資料をここへ移すのも大仕事だ。あぁでも、資料整理は潤の得意分野だな。んじゃ、その時は潤に頼むか。頼まれてくれるか？」

端整な顔にクセの強い笑顔を浮かべて振り返ってくる泰生に、潤は何度も頷いた。ひと通り空間のチェックを済ませたらしい泰生は、満足したように肩で息をつく。

「ま、仮の事務所としてはこんなもんで十分だな」

「仮の事務所、ですか。ここが？」

「あぁ。今もこれからも、基本おれの仕事は海外メインでやっていくつもりだ。出来れば事務所も海外の方が便利だろ。だが、潤が大学に通う間は日本で様子を見てもいいかと思ったんだ、おれもモデルの仕事が忙しいしいろいろ契約も残っているからな。けど、潤が卒業後は海外に拠点を移して演出の仕事も本格始動するつもりだ。潤もそのつもりで準備しとけよ」

泰生は何でもないことのように言うが、潤は言葉につまってしまった。泰生が自分も込みで将来を考えてくれていることに、胸がいっぱいになる。

泰生とずっと一緒にいるのはもう潤の中では決まっていることだが、泰生も自分といることを当たり前のように考えてくれているのが嬉しかった。泰生とともにこの先を歩いていく現実にまさに今一歩足を踏み出しているような確かさを覚えて、何だかこみ上げてくるものがあった。

「何涙目になってんだ。もしかして感動してんのか、今の言葉で？」

近付いてきた泰生が笑いながらも潤を抱きしめてくる。茶化すような言い方だが包み込む腕は優しくて、潤の目からはまた新たな涙がこぼれ落ちそうになった。それを止めようと、泰生のグリーンのシャツに顔を押しつける。

「ったく、泣き虫だな。シャツに鼻水つけんなよ？」

「知りませんっ」

苦笑する泰生に、弱々しい涙声で噛みついた。

感動しているのだから、今は少し浸らせて欲しかったのに。

それでも、泰生の手がまるで駄々っ子を宥《なだ》めるように背中をぽんぽんと叩いてくるのが、恥ずかしいながらも嬉しかった。

「んー。やっぱ足下は板張りがいいな、土足厳禁にして裸足で歩けるようにすると楽しいし気持ちいいだろ。今から変更させるか」

何とか涙を引っ込めて潤は体を起こす。涙にぬれた潤の目に泰生は唇をめくるように笑ったが、これ以上は追求しないでくれるらしい。何でもないように別のことを話し出した泰生に、潤もホッとして便乗《びんじょう》することにした。

「仮の事務所なのに、そんなに注文を出して変えちゃってもいいんですか」

「構わないだろ。もともと好きに使えと言われているし。それに、何もおればっかりが得するわけじゃない。おれがここに事務所を構えたことで、このビルの付加価値も上げることになるんだ。おまえの卒業までにおれが功績を立てればさらにな。海外へ拠点を移したあともそれは変わらないだろ。ここのオーナーはそういうところは抜け目のない男だ」

普通なら大口を叩くものだと笑われかねないセリフなのに、泰生が言うとひどく現実味があった。いや、実際本当のことなのだ。世界的に有名なカリスマモデルであり演出家としても注目され始めた『タイセイ』は今でも驚くほどのネームバリューがあるが、今後も成功を積み重ねてさらに飛躍していく自信が泰生の中にはあるのだろう。確たる実力と実績に裏打ちされた自信だ。泰生の言葉には、だから現実味があるし頼もしいと感じる。

すごいおれ様発言なのに、泰生だからかっこいいと思っちゃうんだよなぁ……。

「お、ようやく笑った」

思わず笑みがこぼれた潤を見て、泰生も唇を引き上げる。その優しい眼差しがおもはゆくて瞼《まぶた》を伏せると、泰生が顔を近付けてくるのがわかった。

「ん……」

唇が触れて、離れた。

潤がそっと瞼を押し上げると、泰生とすぐ近くで目が合う。ほの暗いなか、黒い宝石を思わせる瞳はしっとりとした艶《つや》を帯びて潤を見つめている。吸い込まれるような深い黒のせいか、じっと見つめているとくらくら眩暈《めまい》がしそうだった。

「おまえの睫毛《まつげ》って、改めて見るとすげぇ長いよな。そうやって涙が乗るくらいだから」

泰生が感嘆するように言って赤い舌を伸ばしてきた。舌が目元に近付いてきたためにとっさに瞼を閉じると、睫毛が揺らされる気配がする。たまに舌先が瞼の縁を掠める感覚に腕の後ろに鳥肌が立った。

つ、とゆるく睫毛が引っ張られたのは唇で食《は》まれたせいか。抱きしめられながら目元にキスをされると、潤の心臓はすぐに駆け足になる。

「泰…生……」

「んー。おまえ、瞬《まばた》きのたびにばっさばっさ音がしないか？」

「しません」

「嘘つけ。するだろ。もう慣れたから自分で気付かないだけだ」

クスクスと笑いながら泰生が目元にキスを繰り返す。それがくすぐったくて首を竦めると、泰生の唇はゆっくり降りてきた。頬のまろみを確かめるように唇で触れ、かじりつく。

「おまえ、ほっぺたがぷくぷくしてるぜ。最近、ようやくベスト体重に戻ってきただろ？　何で美食の街パリに滞在して痩せるんだ、おまえは」

泰生の言葉に、潤は返事に困る。

つい半月ほど前まで、夏休みを利用して潤は泰生と一緒にパリに滞在していた。フランス語の勉強に励んだり演出家『タイセイ』の仕事をほんのちょっぴり手伝ったりと充実したひと月だったが、あっさりとした味を好む潤にとってパリの食事にはなかなか苦労をした。

「すげぇ、柔らかいな。餅か何かみたいだ。美味そう」

指先でもぷにぷにと遊ぶように頰をつままれて、潤の唇はつい引き下がってしまう。そんな潤に、泰生がひそやかな笑い声を上げた。

「ふ……」

ようやく――泰生の吐息を唇の上に感じたとき、潤はずいぶん待ちわびたように思えた。唇を触れ合わせ、押しつけ合う。泰生の唇が最初冷たかったのに、徐々に自分と同じ温度に変わっていくのが少し色っぽい感じがした。

「ん……ん」

知らず喉《のど》が甘く鳴り、体がじんわり熱を持ち始める。下肢が疼《うず》く感覚に恥ずかしさがこみ上げてきて、潤は小さく抗《あらが》った。

「ん？　どうした」

泰生の声も甘い。

唇が触れ合うほど近くでしゃべられると吐息がくすぐったくて、潤は睫毛を震わせた。

「あの、今日は連れてきてくれてありがとうございます。もう……帰りませんか?」

「何で?」

「んっ、だっ…て……っ」

唇を引き上げて目を細める泰生を潤は恨《うら》めしく睨《にら》む。その間も小さなキスは止まらない。唇を吸っては離す。離してはまたキスをして甘く吸ってくる。唇で柔らかくマッサージもされてしまい、快感の波がじわじわと足下から押し寄せてきた。

「ダメ…ですって。ん、ゃ」

「だから、何でダメなのか言えよって」

「だってここは、泰生の大切な…ん……」

いくら今は人がいないからといって、これから泰生の事務所となる場所で淫らなことをしてはいけない気がする。何より、ここに出入りするたびに変な気持ちになるではないか。

なのに、泰生は潤の言葉をキスで吸い取ってしまった。

「大切な事務所になるから、最初はおまえとの思い出を作るのがいいんじゃねぇか。儀式というぜ? おれら流の地鎮祭《じちんさい》だ」

「泰生っ」

潤が声を張ると、閑散とした部屋に大きく響き渡る。それに思わず体を竦ませてしまった。

「ははは、響く響く。いいぜ、声は出し放題だ」

「も……ぅ…っん、泰生っ」

深いキスを挑んでくる泰生に、潤は眉を下げる。

泰生の熱い舌が歯列を探り、くすぐってくる。潤の舌に誘うように触れて、すぐに獣のように絡みついてきた。絡ませたまままきゅうっと引っ張られると喉の奥が甘く疼く。ぬるぬると舌を絡ませ合うと痺《しび》れが背筋を下ってきた。

「ぁう」

下腹辺りにたまっていく甘い刺激に、潤は落ち着かなくなる。

同じく、落ち着かないのはこの場所のせいもあった。中庭が見渡せるガラス張りの室内は、明かりがないおかげで外からは見えにくいとはいえ、地上とは近い。窓辺に立つ潤たちの姿など、下から見上げると丸見えだろう。中庭に面した向かいの事務所やショップ予定の空間にも、電気はついていなくとももしかしたら誰か人がいるかもしれない。

誰か見ているかもしれない場所で泰生とキスをしているなんてスキャンダラスな行為だ。

「ん、っん…ぅ」

そう思うのに、体に満ちていく愉悦《ゆえつ》のせいで泰生を止められなかった。どころか、自分から熱くなった体を押しつけてしまいそうになる。泰生の肩を摑む手は、さらに深いキスを促すように強くなっていった。

「まずはこのスペースを清めようぜ。おまえのエロい声をいっぱいに響かせてお清めだ」

「もうっ、バ…ぁっ、あっ、ぁ……」

カーディガンの合わせから差し入れられた泰生の手に胸元を探られ、潤は喉を仰け反らせる。体をくねらせて泰生の手から逃れようとしたが、逆に泰生の指に弱点をすりつけてしまい腰を震わせた。尖りを見つけてしまった泰生は、楽しげに唇を引き上げる。

「潤の好きなとこ、見っけ」

少年が宝物を見つけたような得意げな表情に、つい苦笑がこみ上げてしまった。自分より何歳も年上なのに茶目っ気たっぷりで表情豊かな泰生に胸がきゅんと鳴いた気がする。

こんな泰生なのに、好きだなぁと思ってしまうのはちょっと悔しい。

「あ…んんっ」

Tシャツ越しに乳首を引っ搔かれて潤は危うく声を上げかけた。空間に響いた己の声にすぐさま唇を嚙む。と、泰生は咎《とが》めるように片眉を上げてみせた。

「だから、お清めだって言ったろ。声を嚙むなよ。はい、開ける開ける」

親指で潤の唇をなぞったかと思うと、その指を強引に口の中へと押し入れてくる。泰生の指は歯列を割って侵入し、柔らかい舌をくすぐってきた。

「んっ――…」

そうかと思えば、乳首を引っ搔いていたもう片方の指は妖しくマッサージを始めた。乳首の周りを遊ぶように擦り、尖りを押し潰す。爪を立てられて、潤はたまらずうめいた。

「んぅっ……ん、んっ」

口の中に入っている泰生の親指は、まるで潤の口を犯すように強引に蠢《うごめ》く。喉の奥の方まで押し込んだかと思うと熱い舌を指の腹で愛撫した。整えられた爪先で柔らかい粘膜をくすぐられると、傷つけられそうで少し怖い。怖いと思うのに、口の中は唾液であふれて視界は潤んでいく。口淫のように指を出し入れされて、潤の喉は何度も甘く鳴いてしまった。

「ふぅ、ん……っちゅ……く」

あふれる唾液を飲み下そうとすると、泰生の親指も一緒に吸ってしまう。小さな水音がもれて、疼くような感覚が唾液とともに腹に落ちていった。

その瞬間、膝《ひざ》から力が抜けてくずおれそうになる。

「ん…ふぅ」

上目遣いに泰生を見上げると、楽しそうな目の奥にぽつりと情欲の炎が灯っているのを見つけた。乳首を引っ掻くたびに、指で口の中をかき回すたびに、ゆらりと揺らめいてその炎はどんどん大きくなっていく。

「すっげ。口の中熱くて気持ちよさそ」

ひときわ大きくその炎が燃え上がったとき、泰生は喉に絡んだような声で呟いた。上顎《うわあご》の柔らかい粘膜を爪の先でゆっくりなぞりながら、泰生は内緒話をするように顔を近付けてくる。

「な？　おれの、咥《くわ》えられる？」

誘惑する声は低く、鼓膜《こまく》をくすぐったあと頭の中をかき回していく。ゾクゾクして、潤はその場にしゃがみ込んだ。泰生の指が口から抜けて、あふれた唾液が顎を伝う。

「ぁ…あ……」

泰生が腿の高さにある出窓に浅く腰かける。膝をついた潤が見上げたそこには、泰生の腰があった。ズボンの布地を押し上げる泰生の反応を見て、潤はゴクリと喉が鳴る。それが聞こえたのか、上からクツクツと笑い声が聞こえてきた。

「エロいことに素直なおまえって、すげぇ可愛い」

泰生が潤に見せつけるようにズボンのジッパーを下げていく。下着を押し下げて姿を現した屹立《きつりつ》に、潤は一瞬だけ目を逸らした。

「潤？」

頭に触れる優しい泰生の手に促されて、潤は屹立へと手を伸ばした。頭をもたげている熱塊《ねっかい》を手に包み、張った先端部分にそっと口付ける。泰生が小さく反応したのを見て、ゆっくり口の中に含んだ。

「ん……んんっ」

「っは……、口の中、とろとろだな……」

うめくように呟いた泰生に、潤は恥ずかしさに瞼を伏せた。

セックスの際、泰生は自分が気持ちよくなるよりふたりで気持ちよくなりたいタイプで、それ以上に潤を蕩《とろ》かすことが大好きだ。だから、こうして潤に口淫させることも実は珍しい。口淫させないのは潤が下手なせいかもしれないが、そっち方面の技術がなかなか上達しないのは泰生があまりさせてくれないからという、実は堂堂巡《どうどうめぐ》りだ。潤としては、泰生にももっと気持ちよくなって欲しいと思っているのに。

「ん、ぅ……ん……」

体が熱い。何かすごく気持ちいい……。

膝立ちになり、泰生の熱塊を唇で舌で愛しているだけだ。泰生に奉仕しているだけなのに、潤自身の体が熱くなる。ゾクゾクとした痺れが体中を行き来していて、膝に震えがきた。

「ふ……ん、んっ」

口内に収まりきれないほどに育った泰生の屹立に、潤は苦しげにうめく。それでも、いや、だからこそさらに潤の体は強い快感に見舞われていた。

先ほど入れられた指とは比べものにならない質量の塊が潤の口を犯し、火傷するような熱が口の内側の柔らかい粘膜を淫靡《いんび》に灼いていく。口いっぱいの熱棒は苦しいのに、潤自身の欲望は頭をもたげて涙さえこぼし始めていた。

「ん…ふぅ……ん、んーんっ」

「っ……は、相変わらず下手だな」

言葉とは裏腹に、上擦った泰生の声は感じてくれているみたいだ。官能がにじんだ泰生の声は潤の脳髄《のうずい》に突き刺さった感じがして、腰が砕けそうになった。

「ん、あ……」

泰生の熱棒が口からこぼれ、床に手をついて体を支える。縋るように泰生のズボンの腿にこめかみを擦りつけ、潤は荒い息をついた。

「どうした?」

泰生が優しい声で聞いてくる。

腰の奥がムズムズする。泰生の熱塊を咥えるだけで欲情していた。

泰生はいつも自分の欲望は後回しに潤を蕩けるまで愛してくれるのに、どうして自分はこんなに快感に弱いのか。なぜ我慢出来なくなるのだろう。潤んだ瞳で、自分こそが泰生にいやらしい行為をねだってしまいたくなる。

ダメだ。こんなんじゃダメだ。

苦しいほどの官能に支配されている頭を正気に戻そうと小さく振って、潤は震える手でもう一度泰生の熱棒に触れた。先端にキスをして舌を這わせる。

「ったく、潤はエロエロだな。フェラしてるだけなのにもう気持ちよくなってんだろ?」

しごく楽しそうに泰生が話しかけてくる。目線だけで潤が見上げると、泰生は一瞬喉を大きく動かした。すぐに妖しく唇に笑みを刷いて、潤の頭に手を伸ばしてくる。

「そんなうっとりした目ぇでおれのを咥えてるおまえって、何だか別の生き物みたいだな。想像の生きものにいただろ、確かインキュバスとか淫魔とか。男を一発で堕落させてしまうエロエロ淫魔だ。けど、くれぐれも堕落させるのはおれだけにしとけよ」

優しく髪をかき上げながらも、泰生の足はいたずらに潤の腿に触れてきた。びくんと潤の体中が反応する。

「おいおい、間違っても噛んでくれるなよ?」

喉で笑いながらも、泰生の足の動きは止まらない。強引に潤の両脚の間に足を差し入れると、靴の甲で股間に触れてきた。

「んっ…はっ」

「清めるはずが、逆にエロいヤツを降臨《こうりん》させちまったみたいだな。どうするよ」

潤は涙目でひどいと訴えるのに、泰生は逆に興奮したように舌なめずりをするだけ。どっと熱が集まってきた下肢の欲望に、潤は息が荒くなる。

「んーんっ、ぅ……ん、んっ」

「っ……あぁ、すげぇ興奮する。へったくそなフェラなのに、おまえって煽《あお》るのがいつも上手すぎ。このおれ様がもうヤバイんだから」

泰生の手が、柔らかく潤の頭を股間に押しつけてくる。促されて、泰生の欲望を口いっぱいに咥えた。大きすぎて、苦しさに涙があふれる。それでも泰生が感じていることが嬉しくて口淫に励んだ。

唇で愛して、舌で愛して、口の中で愛した。

「ふ…ぅっ、んっ…んっ」

「一緒にいこうぜ。このまま、いけるだろ?」

やんわりと、硬い靴の甲を潤の欲望に押しつけてくる泰生に潤は目線を上げることで応えた。その動きに涙がほろりとこぼれ落ちていく。頬を伝う涙を拭《ぬぐ》ったのは泰生の指だ。その指を泰生は唇へと持っていくとぺろりと舐めた。唇の合間に見えた赤い舌に、潤は背筋が震えた。

「ん…んっ――…」

震えは首の後ろを駆け足で上っていき、脳天を突き抜けていく。腰が震え、潤は泰生の腿にしがみついた。一拍遅れて、泰生の欲望が口の中で震える。

「っ…は……っ」

泰生の声が色っぽく掠れる。その瞬間、口内に精があふれた。

「ん……」

快感の余韻で陶然としながら、潤はそれを無意識に嚥下《えんか》する。舌には確かに苦みが残っているのに、なぜか潤は甘いと感じた。強い情欲は味覚まで変えてしまうのかもしれない。

「ふ、ぁ……」

「おっと」

唇から泰生の屹立が引き抜かれて、潤も力を使い果たしたように床にへたり込む。そんな潤を、泰生も一緒にかがんで抱き起こしてくれた。

「すげぇ可愛かった。本当に何か降りてきたみたいだったぜ。エロエロ潤、降臨ってヤツだな」

瞼にキスをし、鼻先にキスをし、最後に唇にキスをした泰生は楽しげに潤の体を揺すってくる。乱れたストールが泰生の手によって外され、喉元をすっと冷たい空気がくすぐっていった。

快感の余韻から戻ってくると、しかし猛烈な羞恥が押し寄せてくる。

「もう、も…ぅ……っ」

　腿の高さの窓のおかげで潤と泰生が淫行に耽っていた姿は他から見えなかったはずだし、こんな夜も遅い時間、完成間近ではあるがまだ建設中のビルに人がいる可能性も少ないはずだが、家ではない場所でいやらしい行為をしたことに顔から火が出そうなほど恥ずかしかった。

「泰生…が……っ、泰生がこんなとこで強引に――…っ」

　加えて下着の中に吐精したことも外で粗相をした子供のようで気まずく、つい泰生に八つ当たりしてしまう。いや、泰生がこんなところで仕かけてきたのが悪いのだ。正当な抗議だ。

「あー、はいはい。おれが悪かったから、そんなひんひん泣くなよ。帰りはタクシーで帰ればすぐだろ。下着を汚してるとか快感の余韻にまだ浸ってるとか気がつくヤツはいないって」

「快感の余韻に浸って何かいません。それに、泣いても…ないです」

「はいはい。目から汗が出てんだな？　って、すげぇ古いぞ。その言い訳」

「そんなこと、ひと言も言ってないっ」

　泰生が宥めるふりをしてからかってくるのが悔しくて、潤は恋人の胸にぐりぐりと顔をすりつけた。怒っているんだという抗議だったが何だか甘えているようにも思えて、顔を上げられなくなってしまった。

　それでも、ここがマンションではないゆえにこのままでもいられない。

潤は恥ずかしさに踏ん切りをつけて、泰生の胸からようやく顔を起こした。泰生を見ないように立ち上がるが背後で苦笑する声が聞こえた気がして、またからかわれないうちにと潤は違う話を持ちかけた。

「そういえば、次の演出の仕事はミラノですか？」

「いや、ミラノは断った。ちょうどモデルの仕事でかかりきりになる時期とバッティングしたからな。それに主催主が気に入らない男だったし」

嫌なものを思い出したとばかりに渋い声を上げた泰生に、潤は振り返る。

「おれの体込みで契約したいとか抜かしやがったんだ。ふざけんなって感じだ。ビヤ樽みたいな図体しておれに乗っかりたいだと」

ひぃっと潤は口の中で悲鳴を上げた。

世界的トップモデルで演出家としても名を上げ始めた泰生に魅力を感じる人間は多いのだろうが、そのせいで泰生が思わぬ苦労もしていると知って衝撃を受ける。まさか、泰生を押し倒したいという強者がいようとは。

「何だ、その気の毒そうって面は。むかつく」

「痛いっ」

仏頂面の泰生にデコピンされて、潤は今度こそ悲鳴を上げた。今のは絶対八つ当たりだ。

「何だよ、別に赤くもなってないだろ。ほら見ろ」

額を押さえる両手を強引に外して覗き込む泰生に、潤は唇を尖らせた。

「本当に痛かったんですっ。絶対赤くなっているはずです」

「ないない。それにほら――」

何とも軽薄そうに言った泰生は、そこで顔を近付けて潤の額に音を立ててキスをする。

「――これで、もう平気だろ」

「っ……」

潤はぼんっと爆発する勢いで顔が熱くなった。そんな潤を見て泰生はけたけたと笑うばかり。

潤はふてくされ気味に口を開いた。

「おれは演出の話が聞きたいんですっ」

「あー、演出な。演出の仕事は来年春になる。ここの一階に出来るショップのオープニングイベントだ。確か、あの向かいがそうなんじゃないか？」

指で指されて、潤は中庭を挟んだ向かいの棟の一階部分を見下ろした。

「何のお店ですか」

「八束《やつか》のショップだ」

「へぇ、八束さんの――って、えぇっ!?」

耳を通りすぎようとした話を聞きとがめて、潤は驚いて振り向いた。目が合うと、泰生は驚かしに成功したとばかりににやりと笑った。

八束さんがとうとうショップを出すんだ……。

じんわりと胸に嬉しさが押し寄せてきて、口元が緩んでくる。

八束というのは、泰生の友人兼仕事仲間だ。メル友として潤も個人的に親しくしているが、実は人気のスタイリストであり最近はデザイナーとしても活躍するすごい人だ。現在デザイナーとしての仕事は一部セレクトショップに商品を卸しているのみだが、売れ行きが好調なために来春とうとうショップをオープンさせることになったと泰生は教えてくれた。

「そっか。だからさっきエレベーターの中で鋭いって言ったんですね。すごいな、八束さんがとうとうお店を持つんだ。えっと来年春ですか？」

「そ。まぁ——だから、それまであの場所は地方の家具工房のアンテナショップとして貸し出されるらしいな。おれも注目してる工房だからそっちも楽しみにしてる」

まだ空っぽで真っ暗闇でしかないショップを、潤はワクワクとした気持ちで見下ろした。

「このビルって、オープンしたら何だかすごく注目されそうですね」

「だろうな。ここに入るショップや事務所は、今はまだ名前は知られていないが注目株ばかりだ。それを八重樫さん自ら誘致《ゆうち》したらしいから、まぁすごいよな。一年前にオープンしたオークスイートガーデンも順調だし、きっとここも大いにスポットライトを浴びることになるぜ」

「オークスイートガーデンって、浅香さんの花屋が入っているビルですよね。まさかあの大きなビルも八重樫さんって方の所有ですか」

「そ。ここのオーナーの八重樫さんは、浅香や八束と同級で同窓なんだよ。だから、浅香もその縁でオークスイートガーデンに出店したんじゃね。このビルも、実のところ八束つながりで見つけたようなものだし」

「へぇ……」

泰生は幼稚舎《ようちしゃ》からエスカレーター式の名門校出身のため、八束や有名なフラワーアーティストである浅香など卒業生にはそうそうたるメンバーが揃っているらしい。個々に成績を重視する勉強だけに特化した学校に通った潤としては、縦や横のつながりを持つ泰生が少しうらやましく感じる。

「うー……」

しかしそれ以上に、今の潤はぬれた下着が気持ち悪くて我慢出来ないのが本音だ。

「泰生、帰りたいです」

ニットジャケットを摑んで訴えると、泰生はそうだったとばかりに顔を上げた。さっさと歩き出してくれる泰生の後に潤も続く。

次来るときはもう全部出来上がってるかな。

最後、潤はもう一度事務所となる空間を振り返った。


「橋本《はしもと》くんのフランス語、発音がすごくきれいで驚いた！　夏休みの集中講座ってそんなに勉強になった？　やっぱり私も受ければよかったな」

同じフランス語の講義を取っている井上《いのうえ》が、学食でテーブルに着くなりそんな風に言ってくれた。小さな顔にショートカットがよく似合う女の子だ。

大学では後期の授業が始まっているが、夏休みの浮かれた気分をまだ引きずっているのか、それとも来月初めにある大学祭のせいで浮き足立っているのか、キャンパス内はどこか落ち着きがなくざわついていた。学食もいつもよりずいぶん賑《にぎ》やかに感じる。

「ダメだって、井上さん。橋本を一般の学生と同じように考えたら。橋本はね、一を聞いて二十を知るってくらいの秀才なんだから。同じように集中講座に申し込んでも、悲しいことにおれたちは橋本レベルに到達は出来ないんだよ」

愛嬌のあるメガネをかけた三島《みしま》が皆に訓示するように気取って人差し指を立てる。

「それは言えるね。しかも、私なんて十を聞いて五を知るくらいだからな～」

井上の隣に座る大泉《おおいずみ》がオーバーに嘆くのを聞き、そんなに自分を卑下しなくてもと潤は口を開きかけたが、思案して唇を閉じる。よくおどけて人を笑わせる大泉のこと、今のももしかしたら冗談かもしれないと考えたせいだ。以前教えてもらった自虐ネタというものではないだろうか。果たして潤が思った通り、同じテーブルに座る学生たちはどっとわいた。

変なことを口走らなくてよかった……。

潤はホッとして、カレーのスプーンを握り直す。

大学に通うようになって、潤には大山《おおやま》以外にも友人が出来た。比較的よくしゃべるのが、今同じテーブルを囲んでいる学生たちだ。自称オタクだという男子学生の三島や先ほど気軽に話しかけてきた井上や大泉など女の子も数人。一年ちょっと前までは友だちがいなかったのが嘘のようなキャンパスライフだ。

ただ友だちは出来たが、友人との会話には潤もなかなか苦労している。

もともとあまりしゃべる人間でない上に、コミュニケーション能力の低さと引っ込み思案な性格も相まって、こんな大人数で盛り上がるときにはどうしても聞き役一辺倒だ。テンポの速い皆の会話についていけないというのもある。今の三島や大泉の発言のように冗談か本気か境目が難しい会話も潤には少し難しかった。生真面目で融通《ゆうずう》がきかないせいか、ノリが悪いとか冗談が通じないとかよく言われる。潤も気にしてつい発言を躊躇《ちゅうちょ》してしまうのだ。盛り上がっているときに、口が重くなる原因のひとつだった。

そのため大学での潤は、すこぶる大人しい人間だと思われているようだ。そう間違ってはいないけれど、個々で話をすると普通に話せることにたまに驚かれてしまうので、その辺りのギャップをなくせたらいいなというのが今潤が目標にしていることだった。

大山くんも、皆といるときはあまりしゃべらないけど、印象はまったく違うんだよね。

潤の隣で黙々と大盛りのうどんをかき込んでいる大山を見やった。

集団で盛り上がっているときは潤と同じでほとんどしゃべらない大山だが、ここぞというときにずばりと核心をつく言葉を口にする。自分にも他人にも厳しくて言葉を飾らずつっけんどんなしゃべり方をする大山を敬遠する女子は多いが、同じくらい憧れている学生もいて、どこにいても一目置かれる存在だ。

それが潤には少し羨ましかった。

「ねぇ、橋本くんは普段どうやってフランス語の勉強をしてるの？　先生の言う通り、フランス映画を見たりシャンソンを聞いたりして本当に勉強になるのかな」

女の子ではあるが、隣にいる井上は潤も気後れせずに話が出来る貴重な友人だった。おっとりしているところが、波長が合うのかもしれない。

隣では、大泉も興味深そうに身を乗り出してきた。

「どうだろう、フランス映画はおれには少し難しかったな。でも、シャンソンは友人のおすすめをスマートフォンに入れてるからよく聞いてるよ。発音の勉強にはなるかも。フランス語に耳が慣れるというか」

「――うーん。橋本くんらしいけどさ、でも十代でシャンソンをよく聞くのはやっぱ渋いって。もっとアイドルとか聞こうよ」

大泉が鋭く突っ込んできて、潤はひそかにうろたえる。それでも、おすすめ曲には興味があるのか、井上と一緒に潤のスマートフォンを覗き込んできた。

「渋い選曲だな、古い曲も多い。おれの知らない歌手もいるぞ。これとかこれ、誰だ？」

大山も会話に加わってくる。どうやら、大山はそれなりにシャンソンに詳しいようだ。初耳で驚いたが、共通の話題があるのはやはり楽しい。

「昔、フランスで一時的に人気が出た歌手らしいんだ。おれも知らなかったけど、友だちがいい声だからって音源を送ってきてくれて。聞いてみる？」

「音源って、その友だちはもしかして音楽関係の人だったりする？」

スマートフォンにイヤホンをつけて大山に渡していると、向かいの席に座る三島が食いついてきた。興味津々とばかりに目をキラキラさせている。

「違うよ。音源って言ったのは、フランスから送ってもらったからなんだ」

「フランスから送ってもらったって、軽く言うなぁ。もしかしてフランス人？」

少し呆れた表情をする三島に潤が頷くと、まったく別の方向から反応があった。

「えぇっ!?　フランス人の友だちってかっこいいっ。女の子？　それとも男の人？」

「もしかして彼女だったりする？　フランス人の彼女ってすごいっ」

「紹介して紹介。どんな人？　金髪男子とかいいっ！」

井上や大泉、斜め向かいの席に座っていた中之島《なかのしま》まで身を乗り出してきた。長めのくるくるふわふわの髪が可愛い今どきの女の子だ。明るくてノリがいいせいかいつも誰かと一緒で、こうして潤と同じテーブルにつくことは比較的少ない。そんな中之島が同じテーブルに座り、さらに今まで静かだったのは、潤のノートを必死で写していたからだ。話を聞くまでは人質だというように中之島の手の中で潤のノートが歪んでいく。

女の子はフランスのことになると目の色を変える気がする。

熱のこもった複数の視線に潤は困惑しながら答えた。

「おじいちゃんなんだ。フランス人のおじいちゃん。確かに金髪ではあるよ」

しかし、とたんに三人のテンションが目に見えて下がった。三島もあからさまに肩を落としている。大泉にいたってはは気の毒そうな視線まで向けてくる始末。

「橋本くんって、ホントどこまでも渋いね」

「え、え?」

わけがわからず首をひねる潤に、シャンソンを聞いているはずの大山も苦笑していた。

フランス語の勉強になるとおすすめのシャンソン曲を教えてくれたのは、フランスに住むベルナールだ。音源を送ってくれたのはギョーム。どちらも年齢はまだ六十歳前後でおじいちゃんと呼ぶには若い気もするが、本人がそう呼べと言うので親しみを込めて潤は『おじいちゃん』と呼んでいた。

夏休みにフランスのパリで知り合い、友人になったふたりだ。

潤が日本に戻ってからはメールを交換して交友を深めているが、たまに電話をしてくれることもあって、そんな時は送話器から流れてくるフランス語に、日本語に慣れきってのほほんとしていた頭が一瞬にして引き締まるようだった。

「でも、おじいちゃんでもフランス語が話せる友人がいるのっていいよね」

テーブルはもう別の話題で盛り上がっているが、井上はおっとりと話しかけてくる。彼女のこのテンポにホッとすると、潤は口元を緩《ゆる》めて頷いた。潤もちょうど『女の子』に聞きたいこともあったため、これを機にと口を開く。

「あの、女の人に贈る誕生日プレゼントって何がいいかな? 何が喜ばれるんだろ」

「うふふ、彼女さん？」

にやにやと井上に笑われて、潤は顔を真っ赤にした。

「ち、違うよ。姉なんだ、姉さんが十一月の終わりに誕生日で、それでっ」

「そんなにムキにならなくてもいいよ、わかったから。お姉さんの誕生日か。女の人なら雑貨とか小物とか、あと花はやっぱりもらうと嬉しいよね。お姉さん、年は離れてるの？」

「今が二十五歳で、誕生日が来て二十六になるかな。けっこう大人な雰囲気なんだ」

玲香《れいか》を思い出しながら話すと、井上は意外そうに目を瞬《しばたた》かせている。

「ふうん、橋本くんとは感じが違うのかな。だったらやっぱりお花じゃない？　手袋とかマフラーとかの小物でもいいと思うけど、趣味があるからなぁ。大人の女の人だと特に」

「橋本くんの彼女の話？」

そこに大泉が話を聞きつけて入ってきた。潤は否定するが、大泉はにやにや顔をやめない。

「でも、橋本くんって彼女いるでしょ。どうせなら彼女の話、聞かせてよ」

「彼女いるって、おれは……」

「左手薬指のステディリング。眩しいね、光ってるね！」

大泉の指摘に、潤は顔を赤くして左手を隠す。そんな姿を見て、テーブルの皆がはやし立ててきた。

「ゴールデンウィークがすぎたぐらいからだよね？　橋本くんに彼女がいるんだって泣いた女の子も多いよ。憎いね、このこのっ」

「ね、ね、どんな人なの？　橋本くんの彼女さんだもん。きっとおしゃれなんだろうな」

「おれの嫁より可愛い女の子はいないはずだけど、写メぐらいは見てやってもいいよ」

「おれの嫁って、それ二次元でしょっ」

皆が一斉に話しかけるというより追求してくるが、潤に答えられるわけがない。顔を真っ赤にしてただただ首を横に振った。

「みんな、一度にしゃべられても橋本くんは答えられないって。質問は一個ずつだよ、代表してまずは不肖この私から。橋本くん、彼女はいるんだよね？」

大泉からマイクを持ったような手つきを向けられて、潤は困惑する。

「恋人はいます」

「じゃ、じゃっ、どんな人？　年上？　年下？　でも橋本くんなら年上って感じかも」

「年上、です……」

「やっぱり！　で、ずばりそのリングって恋人にプレゼントされたの？　それとも橋本くんが買ったペアリングだったりする？　一緒に写った写真とかあるよね、見せて見せて」

質問がきわどくなっていくのに、潤はもうパニック寸前だった。そんな潤に、スマートフォンを返しながら大山が助け船を出してくれる。

「橋本、黙秘権だ」

「も…黙秘権を行使しますっ」

「あ、ずるい～っ」

しかし、睨みをきかす大山に逆らってまで話を聞き出そうとする人はおらず、何とか事態は収束しそうな雰囲気に潤はホッとした。それを見届けたように大山は席を立つ。出し忘れたというレポートを提出しに行くのだろう。感謝の意味も込めて潤がそっと手を上げると、唇をひねるように笑って大山は歩いて行った。

やっぱり大山くんはかっこいいなぁ……。

大山を見送って潤も図書館へ行こうかと思い立ったとき、苦手としている男子学生ふたり組が近付いてくるのを見つけた。ちゃらちゃらとした髪型や服装がよく似ているふたりは押しが強く、潤に対してはいつも何かと突っかかってくる。以前クラスの交流を深めるために行った食事会で、ノリが悪いとか女の子と話しているとかいった理由で潤にビールを飲ませようと強要してきたことがあったが、それ以来目をつけられているようだ。

「おい、中之島。ケータイの電源切ってるだろ」

背が高い方の高田《たかだ》が居丈高に話しかけたのは、しかし潤の斜め前に座る女の子にだ。中之島

は慌てたようにスマートフォンを取り出して謝っている。

「まぁ、いい。それより四限のミッチーの講義、おれたち出ないから」

「いつもの通り、代返よろしく頼むぜ。いいな？」

よろしくと言いながらもふたりの口調は強圧的だ。言葉を向けられていない潤でさえドキリとした。中之島も一瞬表情をこわばらせたが、すぐに困った笑い顔を作ると両手をパチンとおどけたように顔の前で合わせた。

「ごめん、馬場《ばば》くん、高田くん。今日は私も用があって四限目は出ない予定なんだ」

中之島の謝罪に、ふたりはあからさまに顔をしかめる。

「おいおい、何なのそれ。使えねぇな、おまえ」

「んだよ。役に立たたねー」

悪態をつかれて中之島がびくりと体を揺らすのを見た。中之島が悪いわけではないのに何度もふたりに謝る姿に、テーブルは気まずいような微妙な雰囲気になる。潤も眉を寄せて見ていたが、ふたりのうち背の低い馬場と目が合ってしまった。

「そうだ。橋本もミッチーの講義は取ってたよな？　だったらあんたに頼むか。おれと高田のぶん、代返しといてよ」

「お、そっか、橋本よろしく。くれぐれも頼むぜ」

威圧するようにテーブルの向こうから身を乗り出してくるふたり組に、潤はぐっと顎を引く。四限目というと英語学の講義だが、ふたりは授業に出ないのに出席したように偽装工作をしろと言うのか。講義や先生によっては代返し合う学生もいるが、潤には出来ないことだった。

だから、潤は首を振る。

「ごめん、おれは代返とか出来ないから」

まさか潤が断ると思っていなかったのか、ふたりは一気に目を尖らせた。

「別にたいそうなことはお願いしてないだろ？　おれたちは今から大事な用があるから、出席票に自分のついでにおれらの名前も書いといてくれって頼んでるだけじゃねぇか」

「——大学に来ていて、授業より大事な用ってあるの？」

潤がふたりに訊ねると、苛立ったように舌打ちされる。

「ツチ、これだからマジメくんはめんどくせぇ」

「いいから、あんたはただ頷けばいいんだよ。マジメくんはマジメくんらしく、はいわかりましたってな。おれたち、友だちだろ」

「出来るよな？　出来るって、ここは大人しく言えよ」

どすのきいた声でふたりは凄んでくる。気付くと、テーブルの周辺はしんと静まりかえっていた。潤は背中に冷や汗がにじむが、それでも首を横に振る。

「ごめん、おれはやれない。そういうことはしたくないんだ」

ふたりを見ながら、潤ははっきり口にした。

人と争うのが嫌で自分が引いた方が楽だとつい思ってしまう潤だが、不正行為となると話は別だ。彼らにとっては取るに足らない行為かもしれないが、後ろめたいことに変わりない。それでもここまで相手に強く出られると苦手意識が先に立ち、以前の自分だったらもしかしたら言われるがままにやっていたかもしれない。今こうして拒絶が出来るのはやはり自分が変わったせいだ。そのままの潤が好きだと言ってくれた泰生の言葉が強い力となって自分を後押しする。少しだけだが自己主張出来るようになったし、誰に『マジメくん』だと貶《けな》されようが気にすることも少なくなった。

こうして苦手だと思う人とも目を合わせられるようになったのも、すごい変化だ。

「ッチ、どいつもこいつも使えねぇ。友だち甲斐のないヤツらばっかだ」

「覚えとけよ、橋本」

諦めてくれたのか、ふたりはようやく踵《きびす》を返す。潤はホッとして肩から力を抜いた。

「すごいな、橋本って。おれだったら引き受けてたよ」

三島が驚嘆して話しかけてくる。

「うんうん。あんなに凄まれてるのに毅然と拒絶出来るって、橋本くんホント見かけによらずすごいよね。気負いがない感じもかっこよかった。大人しそうなのに芯が強いって憧れる」

「でも、あの高田馬場コンビ。どの口で『友だち甲斐がない』って言えるんだか、呆れるよね。友だちらしいことしてから言えって感じ」

山手線の駅名にもじったふたりの呼び名に、潤は吹き出しそうになって困った。

ふと強い視線に気付いて顔を向けると、中之島が潤をじっと見ていた。いつも明るくてお調子者の中之島にしてはじっとり湿ったような眼差しを怪訝に思う。

「関わらなくて正解だよ。あいつら、最近はろくに講義も出なくて評判悪いんだぜ」

「あ、そうだ。あの高田馬場コンビが前期の試験で橋本くんのノートのコピーを売ってたって話があるんだけど、本当？　すごい荒稼ぎしてたって、何か橋本くんのことまで悪く言う人も出てたくらい。そういうのって、あいつらには任せない方がいいよ」

大泉の言葉に、潤は不審に思って首を傾げた。

「任せるも何も、あの人たちにノートを貸したことはないよ。というか、前期のときはノートを人に貸したりあまりしてないんだ。一度行方不明になったりしたから」

「そうそう、橋本はノートの貸し出しはほとんどやらなかった。確か、一度だけ人に貸したらその後なくされちゃったんだろ？」

大山と同じくらいよく一緒にいる三島も証言してくれる。

試験前になって潤にノートを借りに来る人はけっこういたが、ほとんどが顔見知り程度の知り合いばかり。そんな人たちに貸し出すのを躊躇し、友人に——中之島に一度だけ貸したらノートをなくされてしまったのだ。潤は大山に相談し、忠告を受けてその場でノートを写す以外は貸さないと決めたので、自分のノートがふたりの手に渡るはずはないのだが。

「あのっ。私、用があるから先行くね」

突然、中之島が椅子を蹴って立ち上がった。まるで逃げるように歩き去って行く後ろ姿に、大泉が眉を寄せる。

「橋本くん、もしかして中之島さんにノートを貸した?」

「う……ん。彼女には貸したかな」

潤が答えると、テーブルに居並ぶ皆が渋い顔をした。

「——えっと、何?」

変な雰囲気になったテーブルに、潤は声をひそめる。三島や井上や大泉が意味深に視線を交わし合っているためだ。気になって皆をうかがう潤だが、しかし誰も何も言うことなく揃って視線を逸らしてしまった。ただ、大泉だけが代表したように「ごほん」と咳払いする。

「——とにかく、橋本くんは友だちであってもノートは貸さないこと。君これ、今日の徹底事項ね」

面白くて人気のある地理学の先生の口癖に、潤は笑いながら頷いた。

図書館に行きたいからと断って、潤はひとり席を立つ。食堂を出たところで後ろから呼びかける声があった。先ほど用があると去ったはずの中之島だ。

「橋本くんって、案外根に持つタイプなんだね。ちょっとびっくりした」

いつも明るく笑っているような中之島だが、今彼女の顔に浮かぶのは少し卑屈な笑い方だ。怒っているようにも見えた。言われている内容もわからず、潤は眉をひそめる。

「根に持つタイプって何の話かな」

「さっきの！　あんな……みんなの前でノートの話をしなくてもいいでしょ。行方不明とかなくされたとか。私、ちゃんと謝ったのに何で言っちゃうのよ。もう終わったことなんだからいつまでも根に持たないで」

「……えっと。ごめん、ちょっと意味がわからないんだけど。あの、大丈夫？　何か顔色が悪いよ」

中之島になぜ責められているのか潤にはわからなかったが、それより中之島の顔色がすぐれないのが気にかかった。こわばったような表情でどこか必死な様子であるのも同じく。

気遣う潤の言葉に、中之島は勢いを削がれたみたいにぐっと声をつまらせた。すぐに気まずそうに視線を落とす。

「あの、中之島さん?」

「……もういいよ」

ふいっと顔を背けて中之島は歩いて行く。潤は呆気にとられるが、気を取り直して自分も本来の目的である図書館へと歩き出した。


先日泰生から聞いた八束のショップ展開の計画は、オープンが来年の春ということでまだ先の話ながら、水面下では着々と準備が進んでいるようだ。

スタイリストとデザイナーを兼任していた八束だが、ここに来てスタイリストの仕事から完全撤退するらしく、今夜は有志一同による八束のお疲れさまパーティーが開かれていた。

場所は八束の事務所近くのスペインバル風レストラン。友人やスタッフなど親しい人ばかりが集まっているらしく、八束もずいぶんリラックスしているようだ。今日は有志のひとりとして先に会場入りしている泰生も八束の傍に見つけた。

白シャツにネクタイ、黒のレザーパンツをはいた泰生も、秋色のスーツをノーネクタイで、袖を無造作にまくり上げている八束の姿もともにかっこいい。ちなみに潤は、きれい目のチノに白シャツ、スエットのジャケットをはおっている。大人を意識してのチョイスだが、本当の大人たちの中に混ざると自分の幼さに気付かされてしまい、今は少し恥ずかしい。

「あ、潤くん。そんな隅っこにいないで、おいでおいで～」

会場の中心で大いに盛り上がっているふたりに、挨拶は後で行くことにして潤は片隅でドリンク片手に楽しんでいたが、八束に見つけられてしまった。皆の視線がいっぺんに潤に向かう。突き刺さってくる眼差しに心の中で悲鳴を上げながら、潤は八束の元へと歩いて行った。

「八束さん、お疲れさまでした――ぅきゅっ」

「うん、来てくれてありがとう。小さいね、今日も」

挨拶もそこそこに長い腕で力一杯に抱きしめられてしまい、喉の奥から変な声が出た。

八束がこうして潤に抱きつくのも発言がおかしいのも酔っ払っているからだろう。ぎゅむぎゅむとぬいぐるみを抱きしめるような手つきに変な気配はなかったし、こういう時は嫌がると逆効果であるのをこれまでに学習している潤は、ほんの少しだけ大人しくすることを決めた。

「黒くてちっちゃくて、潤くんは本当にうちの『ジュンペ』に似てるねぇ。うちのもなかなか大っきくならないいんだよ」

「ジュンペより大きいはずなんですけど――」

『ジュンペ』とは八束の飼い猫のことだ。拾った黒猫が潤に似ているからと、八束は猫に『ジユンペ』と名前をつけてずいぶん可愛がっている。以前会わせてもらったときは子猫だったが、小さくてドジで、あれのどこが自分と似ているのか潤はつねづね疑問だった。

「あの、八束さん？　そろそろ離して下さい」

「んー、ふわふわの毛並みが可愛い。ジュンペは食べられないけど、君は食べちゃってもいいよね。このままお持ち帰りしちゃおうかな。うちのジュンペと並べてみたい」

「八束さん〜っ」

不埒なセリフが聞こえてくるのもあって、潤がギブギブと八束の背中を叩いたとき。

「——うら、離れろっ。酔っ払い。おれがいない間に何やってんだ」

強引に割り込んできた腕に、ベリッと引きはがされた。その腕に抱きしめられるが、香ったオリエンタルなフレグランスにホッとする。

泰生だ。

潤を小脇に抱えるように、泰生が隣に立った。体勢を立て直した八束が、腕を組んで笑む。

「あのね、泰生。今、ぼくは潤くんと大切な挨拶の途中だったの。邪魔しないでくれる？　こう——腕の中で潤くんの成長を確かめてだね」

「何が成長を確かめるだ。酔っ払った八束は抱きつければ誰でもいいんだろうが」

「そんなことないよ。泰生に抱きつきたいなんて死んでも思わないし、ちゃんと選んで抱きついてるに決まってるじゃないか。潤くんはその中でも筆頭候補だ。ううん、潤くんがいれば他はいらないな。泰生、心が狭い男は嫌われるよ。というか、早く嫌われてよ」

酔っ払ってひどく挑発的な笑顔を浮かべる八束と、苦虫を噛み潰したような表情の泰生が正面から向かい合っている。ふたりの間でバチバチと火花が散る幻覚を潤は見た。

疲れているのかな。

潤はごしごしと瞼を擦る。

「――騒がしいと思ったら、今日の主役が何やってんだよ」

呆れたような声に振り返ると、潤も知り合いの男が立っていた。抱えた花がよく似合う繊細な美貌の持ち主は、都心の一等地で人気の花屋を営むフラワーアーティストの浅香だ。八束の同級生で友人でもある。浅香の後ろには見覚えのあるショップスタッフも立っていた。確か、浅香のアシスタントスタッフだったか。

「珍しいヤツが来たよ、浅香じゃないか。忙しいカリスマのフラワーアーティストさまがよく時間取れたね。嬉しいよ」

「嫌み言うなよ。八束がデザイナー一本で勝負するってんで駆けつけたんだ。おめでとう、来年には八束も一国の主だな」

見た目からは想像もつかない乱暴なもの言いをする浅香だが、そのセリフには温かみがあった。シックな秋色のフラワーアレンジメントを受け取って、八束も嬉しげに笑んでいる。

「冬慈《とうじ》もあとから駆けつけるから。出がけに用事が入ってな、おれと未尋《みひろ》だけ先に来た。八束、おれのアシスタントスタッフで白柳《しろやなぎ》未尋だ、何度か会ったことがあるだろ？　八束の服のファンだって言うんで今日は連れてきた。未尋、挨拶」

浅香の言葉に、後ろにいたアシスタントスタッフがしゃちほこばって八束に挨拶をしている。アーモンド型のきれいな目が印象的な、潤より幾つか年上らしい彼のことを、潤はひそかに美少年呼ばわりしていたが、その美少年アシスタントスタッフと話す八束も気のせいか鼻の下を長くしている。

「泰生も潤くんも久しぶり。泰生は相変わらず派手に活躍してるな。パリでの『ドゥグレ』のイベント演出、聞いたぜ。何でも日本とフランスをうまく融合させた演出で、すごかったんだってな」

「耳が早いな、業種も違うのに――」

泰生の一歩後ろに立って、潤も浅香に目礼した。泰生と話しながらも、浅香は潤の挨拶に気付いて笑顔を見せてくれる。

「泰生が次に何をやらかすのかってみんな注目してるらしいけど――なるほどな。八束とタッグを組むとなったら、さらにすごいものが見られそうだ。期待してるぜ」

「それはおれがほめられているのか、それとも八束か」

「両方だから、そんなふてくされるなよ」

泰生をいなすような浅香のセリフに、潤はどぎまぎした。

浅香と泰生はもともと同窓の先輩後輩らしいが、今は友人としても仲良くしている。この夏には、浅香のフラワーショップの一周年記念イベントを泰生が演出したばかりだ。潤も泰生を通じてしゃべったことはあるが――潤にとって浅香は、友人である大山の思い人としての印象が強かった。背は潤より頭半分ほど高く、やせ気味ですらりとバランスのいい浅香と、背も高く体格のいい大山が並んでいる光景はなかなかお似合いだと思っているのだが。

「浅香、泰生がめずらしく年相応の顔してるけど何やったんだ？」

「おい、八束。シメられてぇのか――」

三人とも気の合う友人のため、顔を合わせるといつもこうして大いに盛り上がる。

各方面の第一線で華々しく活躍し、さらにはあでやかな容姿の持ち主でもある三人が笑いさざめく姿は場をずいぶん賑やかせるようで、会場中からたくさんの視線が集まってくる。

潤は泰生の陰に隠れるように立っていたが、ふと同じように浅香の後ろにいる人物と目が合った。先ほど鼻の下を伸ばした八束と話していた美少年アシスタントスタッフだ。

「橋本さまでしたよね？　こんばんは、お久しぶりです」

「あ、あっ、こんばんはっ」

ぼんやりと美少年顔に見入っていたら笑顔で挨拶をされて、潤はうろたえて頭を下げる。その頭が泰生の背中をど突いてしまい、さらに慌ててしまった。泰生が何事かと振り返ってくるが、ふたりを見てその顔は苦笑へと変わった。

「微笑ましい光景だ、子猫同士が仲良くしてるぜ。潤、おまえまだ全然メシ食ってないだろ？　そっちの猫連れて一緒に行ってこい。何度か来たことがあるからわかるだろ。案内してやれ」

泰生の言葉に、隣に立つ美少年スタッフが目を尖らせていくのを見て、潤はハラハラする。

「カウンターでタパスを受け取るんですっ。こっちです」

これ以上泰生が変なことを言い出さないうちにと、潤は美少年スタッフを引っ張るようにカウンターへと連れていく。

「すみません、泰生は冗談が好きなので……」

「別にいいですけどね。猫に似ているって他の人にもよく言われるし」

きつい語調に、潤はまた頭を下げた。そんな潤の姿に、美少年スタッフははっと我に返ったように表情を変える。

「すみません、橋本さま。お…私は大丈夫ですから、気になさらないで下さい」

「あの、改めて自己紹介させて下さい。橋本潤と言います、大学の一年生です。よかったら、名前を教えてもらえますか？　それから今日はおれは客ではないので、そんな丁寧にしゃべらないで下さい。たぶん、あなたより年下だし」

先ほど名前は知ったが、美少年スタッフから直接聞いたわけではない。以前ショップで世話になったし、感じのいい人でこれから仲良くなりたかったため、潤はそんな風に切り出してみた。気を悪くされるかと心配したが、彼はぱっと笑顔になって頷いてくれる。

「じゃ、そうさせてもらおっかな。おれは白柳、白柳未尋って言うんだ。フラワーショップ『スノーグース』で浅香先生のアシスタントをやってる――ってもう知ってるか。えっと、橋本くんって呼んでいいかな」

「はいっ、よろしくお願いします。白柳さん」

ちょうどそのタイミングでカウンターにつき、ふたりはメニューが書いてある黒板の前に立ち止まる。タパと呼ばれるスペイン料理の数々だ。

潤はスペイン語でハモンと言う生ハムやタコのマリネ、他に同じスペイン料理のパエリアも選んだ。隣で興味津々にメニューを見ていた白柳に、潤は食べたことがある料理を説明していく。この店は潤たちが住むマンションからも近いため、今まで何度か訪れたことがあった。

「ジャガイモが入ったオムレツって感じです。ジャガイモが大きいので、ほくほくして美味しいんです。あと、こっちは小さな鰯《いわし》を揚げたものでちょっと屋台料理っぽくて――」

「美味しそう。んじゃ、それふたつとおれもパエリアを食べよう。こっちのアサリのヤツ」

ワンプレートにきれいに盛られたタパスとパエリアを手に、また泰生のもとへ戻った。泰生たちのところには入れ替わり立ち替わり誰か挨拶にやってきていて、潤たちは邪魔にならないように近くのテーブルへと移動する。今日はパーティーのため椅子はすべて撤去されているので、立ち飲み形式だ。それが何だかお祭りみたいで潤はワクワクした。

「あ、美味しい。これ、おれの好きな味だ」

自分が薦めた料理が心配でついそっとうかがってしまうが、トルティーヤを口にして白柳が満面の笑みを浮かべたのを見て、潤は胸をなで下ろした。ようやく自分もフォークを握る。食事をしながら、白柳が花屋のスタッフであるのを思い出して潤は話しかけた。

「あの、浅香さんって今お忙しいんでしょうか？　フラワーアレンジメントとかお願いしても大丈夫そうですか？」

「ん、確かに先生は今ちょっと忙しいかな。クリスマスイベントの打ち合わせでバタバタしてるんだ。でも、橋本くんが頼むということなら大丈夫だと思うけど？」

白柳の言葉に潤は頷いたものの、やはり今の話を聞いて忙しい浅香を煩わせるのはますます申し訳なくなった。それに、潤が迷っているのはそれだけではない。

「あの、おれの姉が十一月終わりに誕生日なので、何かフラワーアレンジメントを作ってもらおうと思ったんですね。でも、実はおれの姉って花束とか昔からよくもらい慣れてて、その辺りのご相談も出来たらと思っているんですけど」

つい先日、女性には花が喜ばれると提案してもらったはいいが、姉の玲香は小さい頃から大小を問わず多くの花束をもらって帰ってきていた覚えがある。今ではモデルの仕事も本格化して、雑誌や広告で大活躍しているファッションリーダー的存在の姉に、どんな花を贈れば喜んでもらえるか相談したかったのだが。

「橋本くんのお姉さんって、年は幾つ？　あと、どんな人か聞いてもいいかな」

「今度の誕生日で二十六歳です。姉さんはとてもきれいな人で、凛《りん》とした強い女性です。華やかなんですが、雰囲気は日本美人そのもので――」

潤が玲香を思い出しながら話していると、くすりと笑い声が聞こえた。視線を戻すと、白柳があっと口をふさいで少し申し訳なさそうに手を振ってくる。

「ごめん。何かさ、橋本くんがお姉さんのことが大好きなんだってすごく伝わってきて微笑ましかったんだ」

「ええっと……はい、大好きな姉です」

潤ははにかみながら頷く。

母が違う姉のことを以前はクールな人だと思っていたが、いろんな出来事を経てお互いに歩み寄った結果、今では潤の生き方や恋愛も応援してくれる大切な家族に変わっていた。そんな姉が好きなモデルの仕事をしている姿は生き生きと輝いていて、潤もすごく誇らしい。

潤が素直に姉への思いを口にすると、白柳は一瞬瞠《どう》目《もく》したがすぐに笑って頷いた。

「それなら、自分で作ってみればいいよ」

「えっ」

「ちょうど十一月の終わりだろ、その頃はもう街もクリスマス一色じゃないかな。だったらクリスマスリースを作って贈るというのも新鮮でいいと思うんだ。プリザーブドフラワーって言う枯れないように加工した花で作るとすごく豪華なリースになるよ。松ぼっくりやリボンを使ってもいいし。クリスマスリースだと部屋にも飾ってもらいやすいだろ？　橋本くんの気持ちも伝わるんじゃって――…もしかして、嫌？」

自分の眉が下がっていることに、潤は白柳のしゅんとした声で気付いた。だから慌てて首と手を振る。

「違いますっ、嫌なんじゃないんです。ただおれはとても不器用なので作れるか心配で」

「――だったら、未尋がマンツーマンで教えてやればいいんじゃないか」

不意に別の声が割り込んできた。気付けば、泰生と浅香がすぐ近くに立っていた。今日の主役であり忙しい八束との話もいったん終わらせたらしく、ふたりで潤たちの会話を聞いていたようだ。今話しかけたのは、白柳の先生である浅香だった。

「浅香先生、でもおれはまだ――」

「未尋にもそろそろ教室の助手に入ってもらうつもりだったんだ。だからちょうどいい機会だ。言葉は悪いが、腕慣らしさせてもらおうぜ。腕慣らしって言っても、未尋は今でも十分な実力があることはおれが保証するし」

浅香が潤を振り返ってくる。

仕事をするときはこんな強い目をする人なんだ……。

浅香の視線の力強さに気圧されて潤はただただ頷いた。動揺する潤に気付いたのかすぐに浅香は表情を緩め、白柳に視線を戻す。

「どうする、未尋?」

「先生、おれ――…やります。やらせて下さいっ」

「そうか。でも、あくまでおれのショップのスタッフとして行うんだ。一フローリストとして恥ずかしくないように、準備はもちろんだが自分のブラッシュアップも怠るなよ?」

目の前で師弟が頷き合う姿は感動するけれど、潤は少し焦った。

「あの、待って下さい。本当におれは不器用なんです。リボンだってまともに結べないしっ」

以前、自分の首にリボンを巻こうとして全身に絡まらせた経験を持つ潤としては、大切な姉へのプレゼントを自分で作るなど不安で仕方がない。そんな潤に、大いに発奮している白柳は任せとけと身を乗り出してきた。

「大丈夫だって。今回は橋本くんも初心者だし、おれがワイヤリング——下処理は全部やっておくから、ベースのリースに花とか松ぼっくりをくっつけるだけですごく簡単なんだ。もちろん一から丁寧に教えるし……あ、でも浅香先生。今のショップで行うのは難しいですよね？」

「そうだな、教室スペースは今ちょっと使えないんだった。どっか他に場所はあったか」

白柳と浅香の話に、今度は泰生が手を挙げた。

「んじゃ、うちに来ればいい。出張教室にすればその問題は解決するんじゃねぇの？」

「うちって、マンションですか？　いいんですか？」

泰生と暮らすマンションに誰かを呼ぶなど今までほとんどなかった。以前、八束がスタッフとともに来たくらいか。だから少しだけ戸惑う。

「構わねぇよ。潤が浅香のショップに出かけていくよりおれは安心だしな」

浅香のフラワーショップがある場所は都心の一等地だからだが、迷う潤に泰生がそんな言い方で背中を押してくれる。

「あの……白柳さんは大変じゃないですか？」

「いいよ、別に。マンションの場所ってどこ？」

潤が説明すると自転車でいけると言われてしまった。連絡先を交換し合い、あとは詳しい日時を相談するのみとなる。

「そんなに構えることはないって、未尋はいい先生になれるはずだから。ああ、どうせだ。他に興味がある友人がいたら一緒に連れてきたらいい。未尋も多い方が教え甲斐があるだろ」

浅香に言われて、潤も少し気持ちを落ちつけた。

自分が作ったものをプレゼントなんてどうしようと思ったが、白柳が先生役としてフォローしてくれるのだ。万が一変に仕上がっても直してくれるはずだ。

最初から人任せというのも情けないが、悲惨すぎる不器用さは自身が一番よく知っていた。

「……それじゃ、お願いしてもいいですか？」

「そんなかしこまらなくていいよ。おれたちもう友だちだろ？　おれの方こそよろしくな」

「——何がよろしくだって？」

のんびりとした声とともに白柳の背後に大柄な男が立った。白柳を後ろから抱きしめるように腕を回した男に潤はぎょっと瞠目する。白柳当人も驚いたように声を上げていたが、背後を振り返って見る間に眼差しを尖らせた。

「ちょっ……冬慈さん、離せよっ」

白柳を抱きしめる男は、落ち着いた大人の色気が漂う美丈夫だ。長めの黒髪をゆるく後ろへと流して、精緻《せいち》に整った美貌に上質なスリーピーススーツがよく似合っている。

白柳の抗議に冬慈と呼ばれたその美丈夫は薄く笑って片眉を上げた。

「やだね、おれを置いていった罰だ。酒を飲む場にひとりで来るなって言っただろ？」

「一緒に行こうと思ったのに、直前になって冬慈さんに仕事が入ったんじゃないかっ」

「だったら先に行かずにおれを待ってるでしょ？　普通」

嫌がるそぶりは見せながらもやけに可愛い顔になっている白柳と、大人の男なのに腕の中の白柳に対しては独占欲を隠しもしない親密なふたりの姿に、潤はどぎまぎしてしまった。

もしかしてこのふたりって恋人同士なのだろうか。

泰生の周囲ではそれほど珍しくはないけれど、それでも同年代で自分と同じように男同士の恋愛関係を結んでいるらしい白柳を見て潤の気持ちは昂る。つい先ほど挨拶を交わして友だちになったばかりの白柳に、急に親近感を覚えた。

「へぇ、八重樫さんとこの猫だったんだ、その子」

泰生は男を見知っていたようで驚いたように声を上げている。そのセリフに男——八重樫はわずかに眉を上げた。唇を引き上げるように泰生に笑いかけながらも、その目は少しも笑んでなかった。

「泰生、未尋にちょっかいを出してないだろうね？」

口調はおっとりしているのに声は氷のように冷たい。

「おれにも猫はいるんで」

肩を竦めた泰生は、指でくいくいと潤を呼ぶ。わけがわからず泰生に近付くと、腕の中に抱きしめられてしまった。

「っ……。た、た、たっ、泰生っ⁉」

皆の前で泰生に抱きしめられて、潤は息が止まる。抵抗しても腕は緩まないため、耳まで真っ赤になってしまった。最後には、隠れるように逆に泰生の胸に顔を押しつけるしかない。

「えらく可愛い子だ。うちのと違って純真な子猫らしい」

背後でクスクスと八重樫が笑う声がする。柔らかみが戻った男の声はしたたるような甘さを帯びていた。鼓膜《こまく》を直接声でくすぐられた気がして、腕の辺りに鳥肌が立つ。

泰生と少し似てるけど、泰生以上にフェロモンむんむんって感じだ。何か怖い……。

八重樫の個性が潤には強すぎて、この場から今すぐにでも逃げ出したくなった。なのに、泰生はまったく頓着《とんちゃく》していない。泰生自身も強いオーラの持ち主であるため、八重樫にも難なく対抗出来るのかもしれない。あるいは同類ゆえに、八重樫の強烈な個性や圧倒的な雰囲気も重圧として感じないのか。

「潤、そろそろ顔を上げろ。八重樫さんだ。この前話しただろ？　あのビルのオーナーだ」

その言葉に潤はあっと声を上げる。

そうか。どこかで聞いたことがある名前だと思ったら、泰生がこの前連れていってくれた事務所が入るビルのオーナーだ。一等地に建つ、浅香のフラワーショップが入る大きな複合商業ビルのオーナーでもあったか。

泰生や八束の知人は、やはりすごい人だった。

おずおずと体を起こすと、潤は八重樫に向き合う。顔を真っ赤にして抵抗している白柳を難なく腕に納めたまま、八重樫は潤を見て面白そうに目を細めた。その目に猫がネズミをいたぶるような気配を感じてしまい、潤の喉はきゅうっと狭まった。

「はっ、初めまして。橋本潤と言います。よ…ろしくお願いします」

「ふふふ。今頭を撫でたら可愛い悲鳴を上げてくれそうで――楽しそうだ」

とてもブラックな発言をされた気がして、潤は怯える顔で泰生にしがみつく。泰生は苦笑して潤の肩を抱いてくれた。

「ちょっかい出してんのはどっちだよ。うちのが可愛いからって、怯えさせんな」

「あぁ、悪かったね。おれのところはいつも『シャーッ』って感じで猫パンチを繰り出してくるから新鮮で。でもここまで怯えられると、ちょっと歯止めがきかなくなりそうだからおれはダメだね。やっぱり未尋が一番可愛い。未尋は怒るとこう――目がきゅっとつり上がってね、

「ふ、ふたりして何話してんだっ！　恥ずかしいからやめろおぉっ」

それはそれは可愛いんだよ」

潤が言いたいことを白柳が大声で代弁してくれた。ただ、その勢いのままに八重樫をど突いたり腕を振り回したりして、そこまで暴れると逆に目立ってしょうがないのだが。

白柳さんってもう少し大人なイメージだったけど、思ったより元気がいいんだな。案外年も変わらないかもしれない……。

新たに始まった白柳と八重樫の痴話喧嘩そのものな言い合いに泰生は爆笑している。潤はというと、集まってくる好奇の視線から隠れるように泰生の背後にひっそり立っていた。

「あー、笑いすぎて腹が減った。メシ食いに行こうぜ」

笑い終わると、泰生の意識はもうタパスへと移行しているようだ。楽しげに言い争っているふたりと呆れて相手もしない浅香に軽く手を挙げただけで、さっさと歩き出した。

相変わらず泰生は我が道を行くというか自由奔放というか。

潤は浅香に目礼して、泰生を追いかけた。

「えらく怯えていたな。そんなに八重樫さんが怖かったか」

「何か、とても強烈な人だったから」

別に何かひどいことをされたわけではないけれど、八重樫から不穏な気配を感じて無意識に心も体も縮こまってしまったようだ。

「あの人が事務所が入るビルのオーナーなんですよね。八束さんや浅香さんと同級生で」

「そ。学生時代は八束とは違った意味で総長と呼ばれていた人物だ。影のリーダーだったらしいぜ。ホントあの世代はアクの強い人間ばっか揃ってたから」

嫌そうに鼻の頭にしわを寄せる泰生の話に潤は聞き入った。

「直接おれと面識はなかったけど、八束を通して、まぁ仲良くなった。つか、これ以上親しくなりたくはねぇな。天然の潤が怯えたのもある意味本能だったのかも。笑ってる顔の下で何考えてるかわからない男だ」

ひどい言い方だが、もしかして同族嫌悪だろうかと潤は考える。泰生と先ほどの八重樫という男は、根っこの部分がとてもよく似ている気がした。

「おまえはもう食ったよな？　おれは何食うかな」

カウンターに到着して黒板のメニューと真面目ににらめっこする泰生に、周囲から微笑ましげな視線が集まってくる。潤はドリンクだけをもらって、一緒に近くのテーブルに移動した。

八束がスタイリストから撤退し、デザイナー一本でやっていくことで、八束の下についていたスタッフもずいぶん入れ替わるようだ。八束のスタッフとは以前少しだけ関わったことがあるため、潤も顔見知りが多い。しかし、今会場にいるスタッフ腕章をつけた人たちは見たことがない者も多かった。デザイナーの仕事のために入った新しいスタッフなのだろう。

「八束さんはすごいですね。同じファッション業界とはいえ転身なんて。スタイリストの仕事もすごい人気だったのに潔《いさぎよ》くやめちゃう勇気ってどこから出るんだろう」

「眉間にしわ寄せて何黙ってるかと思えば、んなこと真面目に考えてたのか」

クスクスと笑う泰生に、潤はわずかに唇を尖らせて言葉を紡いだ。

「おれ、八束さんのスタイリストの仕事も大好きだったから。すごいなとかアグレッシブだなと思う気持ちもあるんですけど、少し残念な思いもあって。八束さんの新しい門出を祝うパーティーなのに、こんなことを思ってると八束さんに知られたら怒られてしまいそう」

「怒りゃしねぇよ。ここにいる大半があいつのスタイリストセンスを惜しんでるからな。でも、あいつのデザインする服を見たら、そんな気持ちも吹き飛んでしまうんだ。特に、今度ショップを出す若い世代向けのラインは、ホント斬新だし面白いからな。あいつがすげぇ楽しんで仕事やってんだなって納得させられる。人から求められる仕事を辞めてまで新しいことに挑戦しようってのは、やっぱそれが原動力だろ」

「そっか。八束さん、デザイナーの仕事がすごく楽しいんだ」

八束の気持ちを想像すると、今までの残念だなという思いも昇華していく感じがした。

「そ。おれとしては、あいつが成功したのが潤にインスピレーションを受けてデザインした服ってのが何か納得いかねぇけど。潤のどっかの部分を八束に盗られた気がする」

最後につけ加えられたのはさすがに冗談、だよね？

潤は眉を下げて泰生を見る。目が合った泰生は、肩を竦めただけだった。

「えぇ……と、八束さんの店が来年の春にオープンってことは、泰生の演出の準備も始まってるんですか？」

潤は追求せずに、別の話を振ることにする。

「早めに準備しなけりゃいけないものには取りかかってるぜ。細かいとこを言うと、オープニングイベントで配るノベルティグッズは何にするかとかな」

「へぇ。ノベルティグッズを配るんですか」

「三月のオープンだから、四月始まりの手帳なんかいいんじゃやって案が挙がってる。他にもドリンクホルダーやチャームなんかもいいよな。そうだ、潤の周りのヤツらは普段どんな手帳を使ってんのか、来週くらいまでにチェックしといてくれよ。ちょうど潤たちの世代がターゲットになるから」

「はいっ」

潤が元気よく返事をすると泰生はフォークを片手に満足げに頷く。がつがつと下品にならない程度にパエリアをかき込んでいく泰生を見て、潤は笑みが浮かんだ。

泰生だって新しいことに挑戦して成功しているし、泰生の周りもいつも前を向いている人ばかりだ。自分も泰生の隣に立つのが恥ずかしくないようにしないと。

何だかとても気持ちが前向きになって仕方ない。

「泰生、何かドリンクをもらって――」

そんな自分が気恥ずかしくなって、あたふたと泰生のグラスを手に取ったとき。

「あれっ。君、J大の学生だよね?」

横合いから突然大きな声をかけられた。振り返ると、見知らぬ男が立っている。

大人びた細身のスーツはお洒落で、清潔そうに整った顔に透明フレームのメガネが印象的な男だ。それでも、どこか場なれしていない落ち着きのなさが男を年相応に見せていた。推測するに、自分と同じ大学生くらいではないだろうか。

「奇遇だな。おれのこと知らないか? 先輩だぜ、君の。J大三年の垣原《かきはら》だ。一度君に会いにいったこともあるんだぜ。ほら、入学してすぐに君がすごく注目を浴びたときがあったろ」

思った通り、潤と同じ大学の学生であった垣原は親しげに笑いかけてきたが、言われた内容には潤はわずかに眉を寄せた。

世界的なカリスマモデルの『タイセイ』と知り合いであるのが大学の友人たちに知られて、しばらく潤の周囲が騒がしくなったことがあった。いろんな人から様々なアクションを受けて潤としてはずいぶん困ったのだが、冷静にひとつひとつ対処していったら次第に事態も沈静化した。今では真面目な潤の地味な学生スタイルが広く浸透したおかげで、『タイセイ』と知り合いというのも何かの間違いだったのではと皆思うようになっているらしい。

垣原もその騒ぎのときに声をかけてきたのだろう。驚くほど多くの学生たちが一度に押し寄せてきたために顔や名前など潤はほとんど覚えておらず、当然垣原の顔も記憶になかった。

潤の隣では泰生が我関せずといった感じで食事を取っている。そんなカリスマモデルをちらりと見て、垣原は愛想よく話し出した。

「何だ、やっぱり君はタイセイと知り合いなんじゃないか。大学ではもったいつけて、君も悪いヤツだな。もっとも、おれはひそかに君のことは注目していたんだぜ。さりげなくブランド品で身を固めて通学する一年は君くらいだからな。ここで会ったのもいい機会だ、これから仲良くしようじゃないか。君、名前は何て言うんだったかな」

はきはきとしたしゃべり方に強引な話の持っていき方は、主導権を握りなれている感じがした。政治家的な話し方というか。同じ大学の先輩後輩としての権威を笠に着るような垣原に少し苦手意識も覚えたが、潤は大人しく頭を下げた。

「橋本といいます。すみません、大学での垣原さんのことはちょっとわかりません」

「そうだ、橋本だった。しかし学食で何回か近くのテーブルに座ったこともあるのに、橋本はおれの顔を見知ってもいなかったのか。なかなか薄情だな」

潤は思わず言葉につまって眉を下げる。垣原はそんな潤からすぐに視線をずらした。潤の隣にいる泰生にだ。垣原が泰生をずっと意識していたのは潤にもわかった。

「あの、タイセイですよね？　初めまして。おれ、橋本の大学の先輩で垣原と言います。垣原条二《じょうじ》、J大の三年です」

現に、これが本題だというように垣原の声には熱がこもっている。

「おれ、タイセイのファンなんですよ。今日はお会い出来て光栄です。大学で橋本とは何かと顔を合わせる機会も多いんですよ、これからよろしくお願いします」

「――よろしくされねぇよ。人の名前を勝手に呼び捨てんな」

しかし、泰生は冷めた無表情顔で垣原をばっさり切り捨てた。

「潤の交友関係とおれは一切関係ない。だから、おまえも変な下心で潤に近付くなよ」

取り付く島もない態度で垣原をけんもほろろに突き放す。

世界的トップモデルである泰生の名声や地位を求めていろんな人が近付いてくるが、泰生は毎回同じように相手にしなかった。それを潤はもう見慣れているけれど、今日初めて冷たくはねつけられた垣原は顔をこわばらせて動けないほどショックを受けているようだ。泰生の圧倒的なオーラに当てられたせいもあったのかもしれない。ただでさえ存在感がある泰生が凄みをきかせて本気で拒絶したのだ。まだ大学生である垣原が気圧されてもしかたないだろう。おどおどと視線を下げた垣原が潤は気の毒にさえなった。

行くぞというように潤に目配せをして、泰生はさっさとその場を歩き去る。潤も垣原に小さく会釈して泰生の後に続いた。

「あー、気分悪ぃ。潤もああいう輩には気をつけろよ」

カウンターでミネラルウォーターのボトルをもらいながら、泰生が鋭く息を吐く。潤も泰生とふたりきりになってようやくホッとした気分で頷いた。

「――さて、そろそろお開きだな。最後の締めに八束に挨拶させなきゃならないんだが。あいつ、まだまともだろうな」

泰生が八束を探して会場を見回す前に、陽気に笑う声が聞こえてくる。嫌がるスタッフを捕まえて『ジュンペ』と猫の名前を連呼しながら頬ずりしていた。

「潤はどっかに避難しとけ、絶対近付くなよ。だから、酒は飲みすぎるなって言ったのにっ」

肩を怒らせてどかどかと歩いて行く泰生に、潤は苦笑を浮かべた。

学食で大山を見つけて、潤は隣にトレーを置いた。

「遅いな、今からか」

「うん、貴嶋《きじま》先生に質問があったから行ってきた」

友だちは多いが大勢で群れるのが好きではないらしい大山は、潤と一緒でない場合はたいていひとりでいるようだ。潤とは普通に話す同級生たちも、ひとりでいる大山には不思議と近付かない。近付きにくいというのが本音らしいが、潤にはわからない感覚だった。

大学祭が終わったばかりのキャンパスは、どこか気が抜けたようなのんびりした雰囲気に包まれている。先週までの浮き足立つような騒がしい感じも、終わってみると案外悪くなかったかもと思ってしまう。

ああいう雰囲気は、同じ空気を吸うだけでもワクワクするというか……。

もっとも部活もサークルもやっていない潤にとって、学祭期間中の連休は勉強に励んだり泰生と遊んだりして大学には近寄りもしなかったのだが。

「あ、橋本くーん」

聞き知った声に潤が顔を上げると、中之島が近付いてくるのを見つけた。少し前に変に突っかかってきた女の子だ。他にも井上や大泉、潤は名前を知らない女子学生ふたりも一緒だった。

「私、橋本くんの隣ね」

中之島が宣言して潤の隣に座る。他の女の子たちは苦笑し、近くの席に着いた。

「橋本くんは今からお昼？　遅いね、今日は」

「井上さんたちはご飯それだけ？　足りるの？」

各自持っているトレーには小さなレモンドーナツと飲みものしか載っていない。女の子はそれだけで足りるのかと潤が感心していると、大泉がわははと笑った。

「まさか、これは食後のデザートだよ。みんな、今日はデザートが食べたい気分だったのさ」

「橋本くん、ひと口食べない？」

隣に座った中之島が自分の食べかけを向けてきたが、潤は丁重に遠慮した。そのタイミングで反対隣に座る大山が視線を寄越してきて潤はひやりとする。

最近、中之島の態度がおかしいことに潤は非常に困惑していた。

変な言いがかりをつけてきた翌日以降、急に潤に接近してくるようになったのだ。

友人ではあるが、これまでそれほど仲良くしゃべったことがなかった中之島だ。なのにここしばらく、学食では近くに座って親しげに話しかけてくるし、同じ講義を受けるときは必ず隣に座る。中之島が取っていないはずの講義のときまで潤の隣で聴講することもあった。さらには、帰り道に潤が住むマンションまで執拗について来られるという出来事まで発生した。つい昨日のことだ。

『橋本くん、もしかして同じ電車に乗ってた?』

昨日——中之島に声をかけられたのは、大学帰りにマンションの最寄り駅を出たときだった。

『橋本くん、どっちに帰るの?』

『おれはこっちかな。えっと、じゃ、また明日——』

『偶然! 私もこっちなんだよ。せっかくだから途中まで一緒に歩こうよ』

友人の家に遊びに行く途中だと言う中之島ととりとめもなく話をしながら歩いていたのだが、彼女の行く方向が潤の帰宅ルートとずっと一緒でおかしいとは思っていた。が、とうとうマンションの下までついて来られてしまい、潤もさすがに困った。どうやら、中之島の目的は最初から潤の家を突き止めることにあったのではないかと思い至ったからだ。

『うわ、すごいね。橋本くん、このマンションに住んでるの? すごくいいとこ!』

そう言って、腕にすり寄るようなしぐさを見せる中之島に潤は慌てて仰け反る。

『あのっ、ちょっと離れてくれるかな』

『ね。部屋、見せて欲しいな。橋本くんの部屋って、どんな感じ?』

『だから、離れてって。それに、人のマンションだから勝手に他人は上げられないんだ』

自分の腕に絡んだ中之島の手を離して、潤はようやく少しホッとする。柔らかい胸を押しつけられたせいで、困惑しながらも顔が熱くなってしまったのは仕方ないだろう。

『もしかして恋人と一緒に暮らしてるの？』

探るような中之島に、潤はここぞとばかりに大きく頷いた。それに彼女は面白くなさそうな顔を見せる。このまま部屋に逃げ帰りたいと思ったのに、中之島は何か言いたげに立ち止まったままだ。動こうとしない中之島に、潤は焦れてしまう。

こんなところを泰生に見られたら嫌だな、と。

『あの、おれはもう帰るから——』

潤が言いかけたとき。

『橋本くんってさ、見た目大人しそうなのに強く言われても頷かないのって、何で？』

急に突拍子もない話を中之島はしだした。

『頷かないって——…？』

『私が部屋を見せてってねだったのに、あっさり断ったのもそうだけど。この前さ、高田くんたちが代返頼んできたのを断ったじゃない。あんなに凄まれたのに毅然と拒否出来るのって、やっぱり男だからかな』

『えっと、どうだろう』

中之島が何を言いたいのかわからず、潤は相づちで言葉の続きを待つ。

『絶対男だからだよ。だって女の子なんか暴力振るわれたら負けるし、やっぱり怖いもん』

『えっ。中之島さん、暴力を振るわれてるの？』

『だからっ、振るわれたら怖いから言うことを聞かなきゃならないって言ってるの。男だったらその点大丈夫でしょ？』

『うーん。男でも暴力はやっぱり怖いよ。でも、むやみに暴力を振るう人はいないよね？　ましてや高田くんたちがそう簡単に暴力を振るうわけないよ』

潤は言うが、中之島は納得していないように押し黙った。何か言いたげなので潤が待っていると、中之島はようやく口を開く。普段の明るい性格からは思いもよらない重い口調だった。

『でも——暴力を振るわれなくても、嫌われるのが怖いと思ったら絶対断れないよ。橋本くんなんか私より大人しいくせに、見た目弱そうでちょっとつついたらすぐに倒れそうなのに、何で命令に逆らうことが出来るのかな。私と同じで弱い立場にいるはずなのに、私には出来ないことを橋本くんが出来る理由って何かな』

何気なくひどいことを言われている気はしたが、それよりようやく中之島の言いたいことが少しわかってきて潤はホッとする。

以前、男子学生の高田たちに代返を凄まれても、潤がきっぱり断ったことを不思議に思ったのだろう。中之島もあの時断ったけれど、何度も申し訳なさそうに謝っていた。高田たちにずいぶん気を遣っていた。同じような立場で、潤が平気なのはどうしてかと。

『橋本くんのこと、ここしばらくずっと見てたけどやっぱりわからなかった。いつも勉強ばっかりしてて、見た目通り真面目で大人しいだけ。服がお洒落だったり人形のようにきれいな顔だったりするけど、どっか地味なんだよね。それなのに強いって、何か納得いかないな』

もしかして、最近中之島が潤の傍にいたのも観察していたせいだろうか。

『橋本くんとずっと一緒にいたら、私も橋本くんみたいになれるかな?』

『え、ええっ』

『何よ、すごく嫌そうだけど』

怒ったような顔をしてみせる中之島だが、その表情はいつもの明るいものに戻っていた。口元にも笑みが浮かんでおり、潤も緊張が緩む。

『やだな。橋本くんがすごく真剣に話を聞いてくれたから、私もついマジに話しちゃったよ。橋本くんって頭いいしお洒落だし、冗談も言ったりしないからもっとツンとすかした人かって思ってた。案外いい人なんだね。何だかますます興味がわいてきちゃった』

ゆるいパーマのかかった茶色の髪を指に絡め、中之島が潤と目を合わせてくる。

『彼女とケンカしたときは言ってね。橋本くんだったらいいよ。相手してあげる』

『えーと?』

大きな目をさらに大きく開いて意味深に見つめてくる中之島に、潤は首を傾げた。またしても中之島の言っていることがわからなくなった。疑問符が並んでいるだろう潤の顔を見て、中之島はたまらないように大きく噴き出す。

『もうホントおかしいっ、橋本くんって真面目すぎ。自分がバカバカしくなっちゃった。私、もう帰るね』

笑いを納めた中之島はあっさり手を振って、友だちの家に行くはずだったのにそのまま来た道をUターンして帰って行った。

潤はその場にたたずみしばらく彼女のセリフを思い返していたが、やはり意味はわからないままだ。それでも明日からは中之島も普通に接してくるだろうと、その時の潤は思った。中之島がつきまとっていたのが観察のためだと知ったからだ。観察も終わったのだから、つきまといも終わりだろう、と。

しかしふたを開けてみれば、中之島はさらに親密に潤にくっついてくるようになったのだ。朝から、講義中はもちろん休み時間もずっと潤の隣を陣取り、親しげに話しかけてくる。今も、中之島は潤の方へ体を寄せるような体勢で話していた。

「橋本くん。この後講義なかったよね。サークル棟の裏に子猫がいるんだって。見にいこうよ」

「えっと。ごめん、図書館で調べものがしたいんだ」

潤は出来る限り中之島と接触を持たないように気をつけているが、あまり成功していない。

潤への興味は尽きたはずなのに、中之島が近付いてくる理由がわからなかった。

しかも彼女が潤に過剰に接するせいで、大山や他の友だちが変に思っているのが伝わってくる。それも潤はいたたまれなかった。

「そうだ、大山くん。手帳って使ってる?」

「ん? あぁ、大学に入って使う機会は増えたな」

大山がバッグから出したのは、大学の生協で売っているシンプルな手帳だった。実は潤も同じものを使っている。大山の手帳には大学のこと以外にバイトのシフトなども記載してあった。

「手帳がどうかしたのか?」

「うん。た…知り合いが今度手帳を作るかもしれないんだ。どんな手帳をみんなが使っているのか、ちょっと知りたいなと思って――」

大山だけだったら泰生のことも言えるが、テーブルにいる友人たちにも話を聞いてみたかったので知人とごまかして話す。昨日八束のパーティーで泰生から頼まれたオープニングイベントで配るノベルティグッズのことだ。

「マンスリーとウィークリー、両方? へぇ。わざわざスケジュールを書き写すんだ?」

友人たちが使っている手帳を差し支えない程度に見せてもらうが、いかんせん生協の手帳が使いやすいのか、それ以外の手帳を持っている人は一人しかいなかった。しかも、

「スケジュールなんてスマフォで管理出来るし、アナログはねぇ」

大泉は潤にスマートフォンを見せてくれる。

今はデジタル手帳もスマートフォンもあって、アナログ手帳を持っている人の数もそう多くない。だったら手帳にどんな機能がついていたら便利かと訊ねるけれど、思うように意見も集まらなかった。

こんなんじゃ、泰生に報告出来ないな……。

せめて今日は手帳売り場を覗いて帰ろうと潤は肩を落とした。そんな潤を気にしてか、中之島が声をかけてくる。

「私、今日サークルの飲み会なんだ。サークルのみんなにも聞いといてあげるよ」

「わざわざそこまではしなくていいよ。でもありがとう」

本来なら嬉しい提案だったが、口にしたのは中之島だ。こんな時ばかり中之島を利用するのはずるい気がして潤は断ったが、中之島は聞くぐらい何でもないと笑う。

「じゃ、無理のない範囲でよろしくお願いします」

「うん、任せて」

ホッとすると、中之島もにこにこと笑顔を返してきた。

可愛い子なんだけどなぁ……。

まさか、彼女がここまで潤を困惑させる行動を取るとは思いもしなかった。潤に恋人がいるのは中之島も知っているし、決定的なことを言われたりされたりしたら自分もはっきりはねつけられるのに、思わせぶりな言動程度では強く言うのもためらってしまう。

「最近、美味しいドーナツ屋さんにはまっててさ――」

食後のデザートだというドーナツを食べ終わった女の子たちはデザート談義で大いに盛り上がっていた。そんな光景に、隣では大山がわずかに呆れた表情を浮かべている。

「女ってダイエットっていつもうるさいくせに、何で甘いものも普通に食うんだろうな?」

「ダイエットしなくても、みんな可愛いのにね」

「――橋本。それ、女の前では絶対言うなよ。すげぇタラシ発言だから」

苦虫を嚙み潰したような大山の顔に、潤は何かまずいことを言ったかと首を竦める。眉を下げた潤がよほど情けなかったのか、最後大山は楽しげに小さく笑った。

ちょうどその時、反対隣に座る中之島が潤の腕を引く。

「ねぇ、橋本くんちの前にも『ファミーユ』ってあったよね」

「え? 『ファミーユ』?」

「ほら、橋本くんのマンションの斜め前にちっさな店舗があったじゃない。ドーナツ屋さん」

「あ…あぁ、そういえばドーナツを売ってる店はあるね。『ファミーユ』って名前だったんだ」

潤が頷いたとき、大山が咎めるような鋭い視線を潤と中之島に投げてきた。

「中之島は橋本の家に行ったことがあるのか」

「あ、大山くんも行ったことある？　橋本くん、すごいとこに住んでるよね」

「すごいってどんなとこ？」

中之島のセリフに、テーブルに座る女の子たちが興味津々とばかりに体を乗り出してくる。

潤は慌てるが、中之島はどこか自慢げに口を開いた。

「白金台《しろかねだい》なんだよ、住んでるとこ。しかも絶対あれは億ションだって」

「白金台⁉」

「白金台の億ション？　うわ、想像もつかないな」

「芸能人が絶対ひとりは住んでるって感じの豪華なマンションなんだよ。ドラマとかでよく出てくるような！」

「中之島さん、待って。もうこれ以上は言わないで……」

焦って声を上げる潤に、中之島は親しげに肩に触れてくる。

「もう、堅いこと言わないでよ。ほら、マンションの一階にフィットネスクラブがあるじゃない？　あそこって芸能人がお忍びで通うって有名なとこなんだよ。今の月九《げっく》の女優さん、あの人も通ってるんじゃゃ――」

ガンッ――――…。

突然、すごい音がテーブルに響いた。

中之島も身を乗り出すようにしゃべっていた女の子たちもそして潤も、皆はっと口を噤《つぐ》む。

学食中に聞こえたような音の正体は、大山がこぶしでテーブルを叩いたものだった。

「中之島、人のプライベートを勝手にぺらぺらしゃべんじゃねぇよ」

「そ…んなマジにならないでよ。このくらいでプライベートって大げさだよ、ねぇ橋本くん」

取りなすような笑みを浮かべて中之島は潤に同意を得ようと目配せしてくる。が、それで大山はさらに表情を険しくした。

「何が大げさだ、あんたのやってることはプライバシーの侵害だろ。橋本がやめろって言ってんだ。それを無視して好き勝手に暴露しておいて、謝りもせずへらへら笑ってんじゃねぇっ」

男でも臆《おく》するようなきつい眼差しと厳しい語調に、中之島は顔色を青ざめさせて涙目になっている。学食中がしんと静まりかえっており、潤は唇をきっと引き締めた。

「大山くん、ありがとう。でも少し言いすぎだと思う」

緊張感に包まれた中で口を開くのは勇気がいったが、自分が言うべきだと思って声を上げる。

大山は険のある目つきで潤を見たが、少し頭が冷えたらしく言いすぎを自覚したのか面白くなさそうに顔を背けた。一方喜色を浮かべた中之島に、潤は表情を硬くする。

「中之島さん。大山くんが言ったことはすこし言葉はきついけど、ほぼおれが言いたかったことなんだ。おれのプライベートを安易に人に話すのはやめて欲しい」

潤が言うと、中之島はカッと顔を赤くして席を立った。走り去る中之島を井上が気にして追いかけていくのを見て、フォローしてくれそうだと潤はほんのちょっとホッとした。

「ごめん、大山くん。おれが言わなきゃならなかったのに大山くんに言わせてしまったよね」

潤は改めて大山に謝罪する。

自分がもっと早く中之島の話をきちんとやめさせるべきだったのだ。女の子たちのパワーに押されてしまって声を上げるのをつい躊躇した。あの一場面だけを見たら、大山が中之島を泣かせた悪者みたいに思われてしまったのではと潤は深く反省する。

「いや、おれこそ悪い。あの手の人間って苦手だから、ついイライラした」

苦く笑う大山に、潤もようやく笑みを浮かべることが出来た。前の席に座っている大泉もホッとしたような顔を見せた。

「橋本くん、私も謝るよ。ちょっと興味本位すぎたね。中之島さんのこと、井上ちゃんに任せとけば大丈夫と思うけど、私もそれとなくフォローしとくから」

「大泉さん、ありがとう」

隣で大山も表情を緩ませる。

「でもさ、あの子ちょっと危ないんだよね。何かふらふらしてる感じがする」

大泉が心配するように太めの眉を寄せるのを見て、潤は大山と顔を見合わせた。

「危ないって？」

「ほら、高田馬場コンビ。あのふたりにいいように使われてるみたいなんだ。この前みんなとここで話したけどさ、前期試験のときに橋本くんのノートのコピーを高田馬場コンビが売って荒稼ぎしてたって話、覚えてる？」

「でも、それっておれはノートを貸した覚えはないから間違いだということで話は終わったんじゃなかったっけ」

あの場にいなかった大山は初耳だったらしく、大泉が簡単に説明してから話し始める。

「橋本くん、中之島さんには貸したんだよね？　で、その後ノートはなくなった。だったら十中八九、なくなった橋本くんのノートって中之島さんが高田馬場コンビにまた貸ししたか取り上げられたんだと思う」

大泉の話に、潤はあっと思い至ったことがある。

学食で皆とその話をしたとき、中之島は不自然にひとり席を立った。その後、学食を出たところで待ち伏せていた中之島に、潤は変な言いがかりをつけられてしまったのだ。ノートの件はもう終わったことだから蒸し返すな、と。

「ちか子たち、実はあのふたりからノートのコピーを買ったって言うから見せてもらったんだ。間違いなく橋本くんのだと思う。あんなきれいにまとめられたノート、他にはないよ」

ちか子というのは、同じテーブルに座る女の子らしい。他の学部の子だと思うが、彼女は隣のもうひとりの女の子と一緒に大泉の言葉に大きく頷いた。

「中之島さん、ちょっとコウモリ気質なんだよね。あっちこっちでいい顔してさ。高田馬場コンビにしても、私らには嫌なんだって言うくせに自分から近付いていくようなとこがあるんだ。強い人間とかちょっと特別な人には特にへつらうような感じ?」

「そうそう。今のターゲットは橋本くんだよね。あからさまだもん」

「だから橋本くんも気をつけなよ。中之島さんって誰とでも寝るらしくて、高田馬場コンビともそういう関係だって――」

ガンッ――――…。

まくし立てるような女の子たちのおしゃべりを止めたのは、またしても大山だった。テーブルを強く叩き、名前の知らない女の子たちを睨んでいる。相づちを打っていただけの大泉も気まずそうに視線を下げた。

「行くぞ、橋本」

「うん。あの、大泉さん。彼女にフォローよろしくお願いします」

さっさと席を立つ大山と同じく立ち上がった潤は、大泉にひと言だけ言い置いて歩き出した。

「橋本。おまえ、中之島を家に呼んだのか」

食器を片付けるのを待ってくれていた大山は、学食を出ると開口一番にそう言った。咎めるような口調だ。

「呼んでないよ。ただ昨日、中之島さんが家までついてきて――」

昨日のいきさつを話すと、大山は気難しい表情を作る。

「うかつだったと思う。彼女の行く方向を先に確かめればよかったんだ」

「そうだな、橋本はうかつすぎた。さっきの中之島の件についてもそうだ。あいつが、橋本の家にさも何度も行ったかのようにぺらぺらしゃべったのを端から見てたら、ふたりは付き合ってるのかと思ったはずだ。そういう誤解を生む行動を見逃すのはダメだろ」

「……うん、そうだね」

潤は唇を嚙みしめた。

「橋本は優しいから強く言えないのかもしれないが、そういう曖昧《あいまい》なことをしていたら巡り巡って自分につけが回ってくるぞ」

厳しい言葉に潤はうなだれるしかなかった。

自分には恋人がいると公言しているし中之島も周囲の人間も知っていると、ある意味潤は安心していた。彼女から決定的なことは言われないからと事態を見守っていただけの潤の様子は、大山の目からしたら煮えきらない態度に見えたのかもしれない。もしかしたら思わせぶりとさえ映ったのではないか。

「まぁ、橋本は恋人がいるとはっきり宣言してるから、それでもアプローチしてくる中之島がタチが悪いんだが。でも世の中には恋人がいてもお構いなしのヤツだっているんだ。橋本ももっと気をつけろって話。見ててハラハラするぜ」

きつい言葉も言われたが、それもこれも大山の優しさだ。心配してくれたのが伝わってくると、ホッと胸の中が温かくなった。

「うん、ありがとう。大山くん」

「別に、礼を言われるようなことは言ってない」

「ううん、大山くんの気持ちがすごく嬉しい。友だちってありがたいなって思った。本当にありがとう」

潤が改めて気持ちを口にすると、大山は舌打ちしたものの目元は赤く色づいていた。感謝の思いが少しは伝わったのかなと潤の唇も綻ぶ。

大山の友情に恥じないよう、もっと自分がしっかりしないと。

まずは中之島への対応を考えようと潤は決意した。

翌日——毎日あれほど接触してきた中之島が、今日はまだ一度も姿を見せなかった。中之島ときちんと話して決着をつけなければと思っていただけに、少し肩すかしを食らった感じだ。

このまま以前のような友人関係に戻れればと潤は願ったのだが、二限の授業が終わった教室に中之島がひょっこり姿を現した。

「おはよ、橋本くん。今日は寝坊しちゃったよ〜」

昨日のことなどなかったようにいつも通り親しげに話しかけてきた中之島の隣には、見覚えのある男が立っていた。いや、先日初めて会った男だ。

「や、橋本。この前はお疲れさま。君とあんなところで会うとは思わなかったよ」

「お疲れさまでした。えっと垣原さんでしたよね」

どういった知り合いなのか、先日八束のパーティーで会った垣原条二を中之島は連れていた。泰生に近付いて気圧されてしまった男だ。今日も透明フレームのメガネをかけている。

垣原が一緒だったことで一瞬何もかも忘れかけたが、中之島とはきちんと話をしなければいけないことを思い出して、潤は少し気持ちを引き締めた。今の潤にとっては最重要課題だ。

しかしそんな潤の覚悟も吹き飛ばすように、中之島は機関銃のようにしゃべり出した。

「聞いたよ、橋本くん！　やっぱり橋本くんって『タイセイ』と知り合いだったんだって？　しかも何か有名なファッションデザイナーのパーティーに出席するとか、すごくかっこいい。誰か俳優さんも来てたって本当？　写メとか撮ってたら見せて見せて」

板書の多い先生のため、授業が終わってもまだ多くの学生が残っていた。そんな教室に、テンションの高い中之島の声は大きく響き渡り、皆の視線が集まってくる。

「騒ぎすぎだ、中之島。ああいうパーティーじゃ芸能人は普通なんだからいちいち写メは撮らないんだよ。それにデザイナーは『ケイスケ　ヤツカ』だってちゃんと言ったろ。おれら若い世代の間で、今すごい人気のあるファッションデザイナーなんだぜ」

張る声の持ち主である垣原のセリフもおそらく教室中に聞こえただろう。その証拠に、八束の名前に反応した学生が数人いた。

「すみません、外で話しませんか？」

潤はこれ以上注目されたくなくて、ふたりを教室の外へと連れ出す。

今終わったばかりの講義にはこれといった友人もいないため、今後潤がひとり穏便にすごすためにもあまり騒ぎは起こしたくなかった。

「あの、どうしてふたりが一緒なんですか？　それに何かご用でしょうか」

「もう、橋本くんはテンション低いな。芸能人も参加するようなパーティーに出るってすごいことなのに。さっき垣原先輩に聞いてびっくりしたんだよ。今度またあったら、私も連れていって欲しいな」

「悪いな、こいつミーハーだから」

中之島と垣原はずいぶん親しいようだ。まだ興奮冷めやらぬ中之島を落ち着いて宥める垣原の様子は、先日のパーティーのときとは違って三年生の貫禄があるように見えた。

少し強引だけど、きちんとした人なのかな。

普段、泰生や八束など内面的にも外面的にも大成した人たちと接するせいで、同年代の人間が自分も含めてたまに幼く見えることがある。ある意味特別である泰生たちを、自分でも気付かないうちに基準として考えていたのかもしれないと垣原を前に潤は反省していた。これまでもいろんな人を過小評価していたのではないかと不安に思い、そして猛烈に恥ずかしくなる。

「それでふたりって、いったい？」

顔が熱くなるのを意識しながら、潤は話を進めた。

「垣原先輩はサークルの副部長なんだ。あ、うちのイベント企画サークル『Welcome《ウエルカム》』のね。昨日、サークルの飲み会に行ってちゃんと手帳の話をみんなに聞いて回ったんだよ」

「あぁ、そっか。調べてくれてありがとう」

「うふふ、いいよ。それでね。垣原先輩とも手帳のことを話したら、橋本くんのこと知ってるって言われて」

中之島の言葉を引き継ぐように、今度は垣原が口を開いた。

「橋本の知り合いが手帳を作るって話、それ、『ケイスケ　ヤツカ』のオープニングイベントで配るノベルティグッズなんじゃないかと思い至ったんだ。確か、今回タイセイがイベントの演出をやるだろ?」

探るような垣原のセリフに潤はぎょっと瞠目する。潤の表情を見て確信を得たのか、垣原はにんまり笑った。隣で中之島が息をつめるようにふたりの話に聞き入っている。

「どうして知ってるのかって?　おれの兄貴が『ケイスケ　ヤツカ』のスタッフなんだ。ショップのオープニングスタッフとして重要な任務も任されててさ、ノベルティグッズで手帳を配るって話もそれで聞いたんだ。タイセイの知り合いの橋本が手帳の件を調べてるって聞いたら、ぴんと来るだろ」

「お兄さんが……。だから先日の八束さんのパーティーに垣原さんも来てたんですね」

「そう。もしかして橋本って『ケイスケ　ヤツカ』とも親しいのか?」

「いえ、そういうわけでは」

潤が言葉を濁すと垣原は疑わしそうにしばし見ていたが、まぁいいと話題を変えた。

「それで、手帳のことを調べているらしいけど、あまり意見が集まらないって？　しょうがないよな、うちは代々生協で使いやすい手帳を扱ってるし、今どきアナログ手帳を使う人間も減ったっていうからな」

「そうなんです」

「だったらさ、来週うちのサークルに来いよ。気さくなヤツらばかりだから、そこでみんなに聞いてみればいい」

話しなれた垣原に相づちを打っていたら突然サークルの参加を誘われて、潤はまごついた。

中之島と垣原が所属しているというイベント企画サークルは、学園祭に有名人を招いて講演会を実施したり一般の公募イベントに参加したりと、比較的堅実な活動をしているらしい。

ただ、どんなサークルであろうと部外者の自分が部室に行くのはやはり抵抗がある。知らない人間が多く集まる場所はもとより苦手だった。

潤が何も言えずにいると、垣原はひらひらと手を振ってくる。

「別にサークルに入れって言ってるわけじゃないから安心しろ。ただ、これも何かの縁だからさ、橋本が困ってるって聞いたらひと肌脱ごうって気になったんだ」

「垣原先輩は副部長だから頼りになるんだよ。みんなに慕われてるし、この際橋本くんもいろんな人を紹介してもらったら？」

「ま、そういうことだ。橋本も中之島くらい気軽に考えればいいんだ」

垣原の言葉に潤は苦笑する。ただ、先ほどよりは落ち着いた気持ちで話が聞ける気がした。

「橋本はサークルや部活はやってないのか？」

「はい、おれは特に」

「道理でそんなに腰が引けるわけだ。おおかた、先輩も交えて大勢と話すことに躊躇してんだろ？　だが、こんな機会を逃すのはもったいないぜ。うちが企画サークルだってことを忘れてもらっちゃ困る。手帳のことに関しても活発な意見が出てくるはずだ。橋本の周囲にいる友人たちとは比べものにならないと思うぜ」

「ですが、あまり大事になるのはちょっと……」

「だから、基本はおれのサークル仲間を紹介するだけだって。今は学園祭が終わったばかりでうちものんびりしているから、みんなでわいわいやってる中でおれが上手く手帳の話を振ってやるよ。だったら、橋本も聞きやすいだろ？　その後もおれがきちんとフォローしてやるし、橋本はサークルに遊びに来る感覚で気楽に考えればいい」

とてもありがたい申し出だが、あまりの親切ぶりに潤は困惑してしまう。そこまでしてもらうのは、潤の方が気が引けた。

しかし、垣原はお構いなしに話を進めていく。

「それで、いつまでに調べたらいいかって期限はあるわけ？」

「それは、たぶん来週くらいまでだと大丈夫かと……」

「何だよ、たぶんとか大丈夫かとか。頼りない言い方だな。来週でもいいんだな？　それじゃ、来週の活動日にうちのサークルに来いよ」

「えっ、あの、でも」

強引に日取りまで決められて焦る潤に、垣原は「まぁ、聞け」と宥めてくる。

「実際、そういう調べものっておれも何回かやったことがあるけど、とにかく数を集めることが大事だろ？　でもホント大変なんだよな。まだ一年の橋本の友人程度じゃたいした数が集まらないのは当たり前だ。その点うちのサークルだと人数もそれなりにいるし、総合的な意見が集まると思うぜ。いろんなヤツのいろんな意見を集めた方が当然参考になる。大学生の総意として使えるんじゃないか？」

理路整然とした意見には、潤もつい頷いてしまいたくなる。が、そうはいっても突然の申し出に戸惑うのは仕方がないだろう。

迷う潤に、しかし垣原はオーバーなしぐさで肩を竦めた。

「おいおい。何をそんなにためらう必要があるんだか。君はずいぶん気弱な男だな。行くときは行く。人の親切もありがたく利用するくらい大胆に進んで行かないと生き残っていけないぜ」

「橋本くんは生真面目なんですよ、先輩」

たじたじとなる潤に、中之島が微妙なフォローをしてくれる。

「とにかく、来週うちの部室に来いよ。話はそれからだ。うちの部員を紹介するだけなんだから気安く構えてろ。橋本が無理そうならその時にやめればいいだろ。中之島、来週は橋本を必ず部室に連れてこいよ」

「ラジャです！」

言いたいことだけを言うと、垣原と中之島はまた歩き去って行く。残された潤はようやく深く息が吸える気がした。どうやら垣原の存在に緊張していたらしい。声が大きくて押しが強い垣原に圧倒されたようだ。

「あ、中之島さんに何も言えなかった」

他のことに気を取られてすっかり忘れていた最重要課題に、潤はがっくり肩を落とした。


「どうぞ、入って下さい」

潤がマンションの扉を開けると、ふたりが入ってきた。

「お邪魔します――」

「失礼しますっと。うわ、すごいな。普通のマンションとはおれも思わなかったが、想像をはるかに超えてた。どこのデザイナーズマンションかって感じだな」

大山がもらしたセリフに潤は苦笑して曖昧に頷く。一方で、白柳はぽかんと口を開けて部屋を見回していた。ふたりともまだエントランスに入ったばかりだというのに、立ち止まったまま動かない。

「えっと、どうぞ上がって下さい。白柳さん、作業はリビングのテーブルがいいんじゃないかと思うんですが、見てもらえますか」

だから、潤は何とかひねり出した言葉でふたりをリビングへと誘導した。

今日は、以前八束のパーティーのときに約束した出張フラワーアレンジメント教室の日だ。

姉の玲香の誕生日プレゼントに白柳の指導のもとクリスマスリースを作るのだが、他に誰か友だちを呼んでもいいと言われたのもあって大山に声をかけてみた。偶然にも母親の誕生日が近いと言うことで、今日はこうして一緒に参加することになったのだ。

「は……、これは――」

ふたりを案内したリビングは、今年の春に旅行した北アフリカのイスラム国家シャフィークをイメージしてリノベーションされたアラビアンチックな空間だ。穴蔵風な白い塗り壁に床にはたくさんのラグが敷きつめられており、今は明かりは灯っていないが繊細な光がこぼれるアラビアン風の間接照明もある。家具やインテリアにいたるまで泰生のセンスと好みのもとに一種独特な雰囲気に作り上げられていた。

ちなみにエントランスはフランス風の洗練されたお洒落な空間だ。日本からシャフィークへ旅行したときにフランスを経由してシャフィーク入りしたことを意識し、家の中でシャフィークへ向かう旅の物語が完結するというコンセプトのもと、泰生が言わば『演出』して作り上げたものだ。演出家『タイセイ』として一種の腕試しらしいが、圧倒されて立ち尽くす大山と白柳を見ると成功したと言っていいかもしれない。

「橋本はここで普通に生活しているのか」

「普通にって、ここがリビングだから――」

普段この場所で生活している潤はもう見慣れてしまっているが、そういえば自分も初めてマンションの部屋に入ったときは驚いてワクワクしたなと、大山の言葉に思い返した。

「おれは改めて橋本を尊敬する。あの男のこの感覚についていけるおまえってすげぇよ」

大山はため息交じりに呟く。あまりほめ言葉には聞こえず、潤は首を傾げた。

あれ、何か違うかな。

それでも、お客さまを立たせっぱなしは失礼だと潤は頭を切り換えた。

「あの、とりあえずソファへどうぞ。今コーヒーを入れます」

「あっ、ごめん」

「悪ぃ。何か、緊張するな」

白柳が飛び上がるように返事をしてソファに座った。大山もぎこちなくその隣に座る。どこか落ち着かないようなふたりをリビングに残して、潤は飲みものの準備にいそしんだ。

実は潤も別の意味ですごく緊張している。

今まで友人がいなかった潤は、実家も複雑な事情で人を呼べる環境ではなかったため、こうして誰かをお客さまとして迎えるという行為は、今回が初めてだった。

泰生と暮らし始めてからは違う意味で人を呼べなくなったし……。

特に潤がひそかに感動しているのは、友人を家に呼ぶという行為だ。泰生の客ではなく、自分の客を自分がもてなすことに嬉しさと誇らしさを感じる。

家を行き来するなんて、本当の友だちみたいじゃないか。

気をつけないと口元がだらしなく緩んでしまいそうで、潤は今一度唇をぐいっと横に引っ張った。しかし、それでも緊張しすぎて手元がおかしくなっているようだ。

「慎重に、落ち着いて、気をつける……と」

「橋本？　何か、すげぇ音が聞こえてるけど手伝おうか？」

「わぁっ」

突然背後から聞こえた大山の声に、潤は大いに動揺してカップをひっくり返してしまった。入れたばかりのコーヒーがシンクにこぼれて広がっていく。

気をつけようと思った傍からこれだと潤はがっくり肩を落とす。

「……悪い、驚かせたな」

「ううん、おれこそごめん。すぐにまた入れ直すから」

せっかくのお客さまなのに、これ以上待たせるなんて失礼だ。

「えっと、えぇっと……」

新しく湯を沸かすのが先か。いや、カップを洗うのが先か。それともコーヒー豆を挽くのが先だろうか。緊張と焦りで潤は何から手をつけたらいいのかと右往左往する。

「橋本、橋本」

「う…うんっ、何?」

「落ち着け――」

小さな子供を宥めるように、大山が力強い目で潤を見下ろしていた。その落ち着いた眼差しにあわあわしていた自分に潤はようやく気付き、ばつが悪い思いをする。

「ごめん、ちょっとテンパってる」

「みたいだな。おれがカップを洗うから、おまえは湯を沸かせ。その後、コーヒー豆だな」

「うん。ありがとう」

大山が手伝ってくれたことにより、無事コーヒーを準備することが出来た。もてなすはずが、準備を手伝わせる羽目になって情けない。

「気にするな。橋本のテンパるとこが見られて楽しかったから」

そう言われてしまい、大山は意外に意地悪なところがあると潤は頬をふくらませた。

リビングで白柳も交えてしばし歓談したあと、ソファからラグの上へ場所を移して、本日の目的であるリース作りが始まる。

「まず、簡単な行程から説明します」

白柳が緊張した面持ちでテーブルに並べたリースの材料を見回した。

仕事をしてる人って、やっぱり大人っぽく見えるな……。

きりりとした美少年顔を、潤は羨ましく見つめる。

マンションへ案内する道すがら話をしたが、白柳は潤よりひとつ年上だと判明。ショップできびきびと働く姿にもう少し年上かと思っていたので潤は驚いた。大山は逆に年下だと思っていたらしい。思い人である浅香に会いにフラワーショップへよく足を向ける大山は、潤以上に白柳と接する機会があるためか、彼本来の人となりをよく知っているようだ。この前のパーティーで潤もほんの少し垣間見た元気のいい様子が、本来の白柳の姿なのかもしれない。

ただ、そんな白柳と大山との間にどこかぎこちなさが漂うことが、潤は集まった当初から気になっていた。よく見ていると、白柳が大山に対しては少し構えた様子なのだ。口数も少なくどこかつんけんした感じにさえ見える。そのせいか、大山も白柳に対しては反応が悪い。険悪とまではいかないけれど、ぎくしゃくとした雰囲気に潤は少し戸惑っていた。

それでも指南役として潤と大山に説明する白柳の態度には特に差はなかった。

「じゃ。とりあえず、やってみましょう」

作り方や注意点を説明されて、潤たちは実際にクリスマスリースを作り始める。

作業は潤が考えていたより単純なものだった。

モミの木とジュニパーという香りがいいベース材のリースに、落ち着いたオレンジやうぐいす色のバラの花、松ぼっくりやコットンの実などを飾り、最後にリボンをつけて終わりだ。ただ、各材料の配置や設置方法にはセンスや器用さが問われるのは言うまでもない。

「えっと、橋本くん。松ぼっくりがユニークな方向を向いてるけど……それでいいのか？」

「ダ…ダメです。やり直します」

「あっ、そんな風に引っ張ると壊れるって、あーっ」

潤は白柳のつきっきりの指導のもと作業を進めていく。驚いたのは大山だ。手先が器用らしい大山はセンスも上々で、白柳も安心して見ていられるようだ。潤も進めるうちに何とかコツを摑んできて、手をボンドだらけにしながら格闘を続ける。

「なぁ、白柳さん」

作業しながら、大山が声を上げた。白柳が振り向くと、おもむろに大山も視線を上げる。

「――おれはあんたに何かした覚えはないけど、何でそんなに睨まれなきゃならないわけ?」

「べ、別に睨んでないよ」

「は。よく言うぜ。おれがショップに行くといつも物陰から何か言いたげに睨んでるだろ。しかもおれが浅香さんと話してると何かと邪魔してくるのもやめて欲しいんだけど」

「だから睨んでないって言ってるだろ。ただ、おれは目つきが悪いから睨んでるように見えるだけなんだよ」

「ふん、おれを見ていたのは否定しないわけか。おおかた、おれが浅香さんに言い寄るのが気に入らないんだろ」

真相を突かれたように、白柳は顔色を変える。気まずげに唇を歪めるが、視線だけは大山から外れない。なるほどわずかにつり上がり気味な白柳の目は、じっと見据えるようにすると少しきつめに感じる。人によっては睨まれていると見えるかもしれない。こましゃくれた美猫の顔にも見えた。

大山はケンカを売られているとでも感じたのか、わずかに眼差しを険しくする。

「大事な先生に手を出す不埒ものといったところか、おれは」

「違うっ、そんなことは思ってない。ただ――」

「ただ？」

黙り込んだ白柳を、潤も息をつめて見つめた。大山のきつい視線にも攻められて、白柳は渋々と重い口を開く。

「ただ、先生の恋人は包容力のある年上がいいんじゃないかってずっと思っていたから」

「は？」

白柳のセリフに、大山は虚を突かれたような顔をした。もっと攻撃的な言葉を想像していたらしい。それは潤も同じだ。白柳が師事する浅香のことをとても大切に思っているのは、潤もよく知っている。だからこそ、浅香に言い寄っている大山に面白くない気持ちを抱いているのかと、今のふたりの言い争いを聞いて思ったのだが。

「おれは浅香先生が大事なのっ。そりゃ、大山くんがいいヤツだって見てればわかるよ。先生のことが大好きだってこともショップのみんなが知っている。でもおれは、好きだって気持ちだけじゃ浅香先生の恋人とは認められない。任せたくないって思ってしまうんだ」

ずっと胸に秘めていたのだろう。一度口を開くと、白柳は堰を切ったように話し出した。

「浅香先生はさ、とにかく忙しい人なんだ。周りも先生を放っておかないし、浅香先生も何かに追われるように仕事をつめ込むんだ。もちろんそれを全部やり遂げるパワフルな人だけど、だからこそプライベートでは浅香先生をいたわり安らがせる人が恋人であって欲しいって、その……おれがずっと勝手に願ってて」

「――おれじゃ力不足だっていうのか」

大山が苦々しいような声を絞り出す。白柳は気まずさに視線をさまよわせ、最後はうなだれてしまった。

「……わからない。大山くんはいい人だよ。でも、『いい人』と『いい恋人』はイコールじゃないだろ。何よりおれは、女でも男でもいいんだけど浅香先生には年上が似合うってずっと思っていたから、何歳も年下の大山くんが押せ押せで迫ってるのを見るとちょっと複雑な気分なんだ。気持ちが整理出来ないというか」

しゃべり終わると、白柳はぐっと唇を下げた。大山も厳しい顔で押し黙ってしまう。

ど、ど、ど、どうしようっ。

潤はひとり焦っていた。

リビングは重苦しい雰囲気に包まれて息がつまりそうだ。それ以上に、目の前で苦しそうな顔を見せるふたりの友人に胸が痛んだ。

貝のように沈黙を続けるふたりに、潤は意を決して口を開く。

「あの…あの、あのっ、大山くんは年下でもすごく頼りになると思うんですっ」

自分が口を出すことは、またいらぬお節介なのかもしれない。

「それに、人をいたわったり安らがせたりするのに年齢は関係あるのかな。もちろん年を重ねて得るものもあるだろうけど、経験を重ねることで年は若くても落ち着きや包容力のある人だっているとと思うんです。それが、おれは大山くんだと思う」

それでも潤はどうしても黙っていられなかった。

自分の先生である浅香に大山はふさわしいかどうかわからないと白柳が言うのなら、友だちである大山の魅力を自分が語りたいと強く思う。

「白柳さんが、浅香さん——浅香先生を大切に思う気持ちはすごく伝わってきました。浅香先生を大事に思うゆえにいろいろ考えてしまうんだって。でも、大事に思うならなおさら大山くんをしっかり見て下さい。年下だからとか、最初から偏見を持ったりフィルター越しに見たりすると、見えるものも見えなくなると思います。大山くんは、浅香先生のことをほっとけないって前に言ってました。それって、守りたいとか癒やしたいとか言う気持ちにつながりますよね？　大山くんが浅香先生へ向ける大事な気持ちを、どうか見すごさないで下さい」

「橋本——」

珍しく大山が困惑したような声を上げた。そんな大山を白柳が見る、真っ直ぐに——。

以前、バイトする飲食店の常連客である浅香のことを、大山が話してくれたことがあった。まだ大山が浅香への思いをはっきり自覚していないときのことだ。

『あの人、食べ終わったらたまに寝るんだよ。すげぇ疲れてるんだろうな。その背中がすげぇ華奢なんだよ、頼りないというか。メシ食べるときは三人分くらい軽くいっちゃうくせして眠そうにフラフラしてる姿を見ると、何かほっとけない感じがしてさ』

口にしたときの大山の優しげな表情も、潤はすぐに思い出せる。

「白柳さんが浅香先生を大事に思うように、おれは大山くんを大事な友人だと思っています。だから、大山くんがちゃんと理解されないのは嫌なんです。生意気なことを言ってすみません」

でも、やっぱり言いすぎたかも……。

だから、最後は少し悄然《しょうぜん》とした声になってしまった。しかし潤が俯く前に、白柳の声がした。

「橋本くん、おれこそごめん。んでもってありがと」

はっと白柳を見ると、決まり悪そうにもじもじしていた。そのまま、ほんの少し唇を尖らせて言葉を継ぐ。

「あと、大山くんにも謝るよ。おれの勝手な思い込みと完全な八つ当たりで今まで浅香先生との仲を邪魔してたこと」

「——やっぱり邪魔してたのか」

「ほ、ほんのちょっとだけだよ。だって悔しいじゃないか、今まで浅香先生は誰にでも同じ態度しか取らないのに、大山くんにだけ何か違うしっ」

白柳の言葉に大山がはっと息をのんでいる。が、そんな大山に白柳は気付かないのか、ふてくされたように話を続けた。

「でも、今日を機会にちゃんと気をつけるから。大山くんのこともきちんと見るようにする。その上で浅香先生にふさわしくないと思ったら、全力で邪魔するからねっ」

「それって宣言することかね」

大山は呆れたように言うが、口元は機嫌よさげに綻んでいた。また新たな言い争いを始めるふたりを、けれど潤はにこにこと見守る。さっきまでと違って、仲がいいからこそのじゃれ合いのように見えた。ケンカをすることによって、お互いがどんな人間でどんな思いを抱いているのか理解を深めているような感じがした。

それにしても、浅香さんって大山くんにだけ態度違うんだ。初耳だ……。

「橋本くんってさ、見た目以上に大人なことを言うよな。心がしっかりしている感じで、ちょっとびっくりした」

「えぇと、何の話でしょう？」

「さっきのおれを諌める言葉だよ。指摘されて気付いたというかドキッとさせられたというか。おれの方が年上なのに少し恥ずかしかった。大山くんも何気にうるっと来てただろ？　何か親友っていいよな」

白柳のセリフを大山は否定しない。唇に笑みを浮かべたまま、穏やかに潤を見つめてくる。し、親友――？　おれと大山くんが？

何だか胸がドキドキする。大山が自分のことを友人よりさらにランクアップした関係だと思ってくれているのだと知って、潤の手は感動でぶるぶると震えてしまった。

「あ。橋本くん、手が止まってるじゃん。作りながら話そうよ」

指摘されて、潤はぐっと声をつまらせる。浮かれていた気持ちも一気にしぼみ、慌ててクリスマスリースに向き直った。

大山は今の話の間もほとんど手を止めていなかったらしい。そのおかげで、クリスマスリースもだいぶん形になっていた。器用な人間はそんなところも器用なのかと、潤は忸怩《じくじ》たる思いで作業に取りかかる。

「――ずっと聞きたかったんだけどさ。橋本くんとあのモデルの人、仲いいよな。いつから付き合ってんの？」

「っ……」

黙々とクリスマスリースを作る潤だが、先生である白柳が作業を妨げるような質問をまた繰り出してくる。

こういう時はあれだっ。

動揺する潤だったが、必殺のセリフを思い出して口に乗せた。

「黙秘権を行使します」

「すごい猫かわいがりしてるよな、あの見た目傲慢そうな人が。でろでろに激甘で。この前のパーティーでタパスをおれらふたりで取りに行ったときもさ、心配でしょうがないって感じで遠くからチラチラ視線送ってきてたし。あのモデルの人が一方的に橋本くんを振り回しているのかと思いきや、けっこう橋本くんの方が振り回してないか?」

「も、黙秘権を――…」

「ふたりでいることが自然な感じだよな、だから付き合い長いのかなって。橋本くんを見る目が、こっちが恥ずかしくなるほど優しくてびっくりしたよ」

「だからっ、黙秘権ですぅっ!」

潤は泣きそうになりながら声を大きくした。顔はたぶん真っ赤に染まっているだろう。

「――大山くん。橋本くんってすごく可愛いね」

「おれも同意する。それより白柳さん、おれに無理に『くん』づけしなくていいぜ。何かあんたに言われると背中がムズムズする」

「それはお互いさまだっ」

白柳が大山に向かって舌をべっと出して見せている。

「子供か、あんた」

「ごほっ」

ようやく気持ちが落ち着いてきた潤は、そういえばと思い出したことがあった。

「白柳さんも、あの時パーティーに遅れてきた八重樫さんと付き合ってるんですか？」

ちょうど飲みものを口にしていたらしい白柳が、派手にむせかえっている。

「え？　や、ちょっ……」

「この慌てようは付き合ってるな。どんな人だ？　八重樫さんって」

珍しく大山がプライベートなことに突っ込んできた。白柳の弱みを握りたいとでも言うのか。

「えっと大人な――」

「ダメっ。言っちゃダメ。絶対ダメっ」

「む！　うぐっ」

八重樫を思い出しながら潤がゆっくり話し始めたとき、白柳が潤の口を両手で押さえに来る。

そのまま、勢い余ってふたりでラグの上に倒れ込んでしまった。

「――何やってんだ」

そのタイミングで声がかかる。

いつの間に帰ってきていたのか。リビングの入り口に泰生が立っていた。潤はそれを逆さに見上げる。口はいぜん白柳の手にふさがれていたため、お帰りの言葉は言えなかった。

「おれのいない間に浮気か――と言いたいところだが。ダメだわ、子猫同士がじゃれ合っているようにしか見えないな。もっとやれと言いたくなる」

床に寝転がったまま、潤はきゅうっと眉を寄せる。上に乗っかかっていた白柳はすぐさま起き上がるが、その顔は怒ったように真っ赤だ。

「前から言おうと思ってましたが、失礼じゃないですか。おれを猫扱いしないで下さいっ」

「あー、そういえばおまえって八重樫さんとこの飼い猫だったな。人んちの猫に構うのはやめといた方がいいか。あの人は怒らせるとやっかいだ」

肩を竦めると、もう興味を失ったように潤へ手を伸ばしてくる。いきり立つような白柳に潤の方がいたたまれなくなった。差し出された手に条件反射のように自らの手を乗せる潤を、泰生は普段通りに抱き起こして何気なく顔を寄せてくる。

「旦那さまのお帰りだ――」

「……っ」

触れるだけのただいまのキスだ。いつも何気なくやっている軽いキス——。

だが、今日はこの部屋に大山も白柳もいる。ふたりともしんと静まりかえっているのが恐ろしい。固まりつく潤に、目の前の泰生はぺろりと舌なめずりをしてみせた。

「ただいま、ハニー?」

わざとだ。絶対泰生はわざとやったんだ。

わなわなと震え出すが、パニックしすぎて声は出ない。潤はソファから大きなクッションを引き寄せると頭の上に乗せてラグの上に突っ伏した。とたん、泰生がはじけるように笑い出す。見えないが、腹を抱えているような大笑いだ。しばらくすると、大きなため息もふたつ。

「……愛されすぎるのも大変なんだな」

「おおかた、おれたちがこの部屋にいるのが気に入らなかったんじゃねぇの? その腹いせを橋本に押しつけるのがこの男の性格が悪いところだよな。邪魔なら、最初からこの場所を提供しなきゃいいのに」

泰生の笑い声の合間に白柳と大山のぼそぼそと話す声が聞こえてきて、潤はますます顔を上げられなくなった。それでもクリスマスリース作りはまだ途中で、潤はふたりに慰めと励ましをもらって何とか作業を開始する。ときに白柳から指導を受けながら、ときに泰生から邪魔されながらも、クリスマスリースは順調に形になっていった。

「出来た……」

深紅のベルベットリボンを結び終わって、潤はホッと呟く。

出来上がったクリスマスリースは、大人のゴージャス感と雪深い冬の季節を思わせるしっとり落ち着いた雰囲気に、どこか可愛らしさも秘めた立派なものだ。

我ながら見事な仕上がりに、潤は感動して胸が熱くなる。もちろん、これもひとえに白柳の懇切丁寧な指導の力が大きい。

姉さん、喜んでくれるかな……。

達成感も相まって、潤の顔には満面の笑みが浮かんだ。


「うーん、本当にどうしようかな」

講義中に入っていたメールを確認して、潤《じゅん》は嘆息をもらす。

メールの主は、ここ二、三日さっぱり姿を見せなくなった中之島《なかのしま》だ。どうやら、潤と一緒にいる大山《おおやま》が苦手で避けているらしい。先日、きつく言われたのを引きずっているのだろう。

「どうしたんだ？　何かあったか」

その大山が潤の呟きを聞きつけて眉を寄せた。わずかに心配するような目の色に、潤は以前友人が言った厳しくも優しい言葉を思い出す。

そうだ。自分にはどうしてもやるべきことがあったんだ。

潤は思い直して、バッグを手に立ち上がった。

「用事をどうしようかってちょっと迷ってたんだ。でも行くことにした。大山くんは、今日はバイトだよね？」

「あぁ、もう帰らなきゃならないが。問題ないのか？」

「うん、ありがとう。平気」

どこか気がかりそうな大山と笑って別れ、潤は待ち合わせ場所である三号棟横の第二学食へと歩いて行く。だが、その足取りはどうしても次第に重くなっていった。

中之島からのメールはサークルへの参加を促すものだった。泰生《たいせい》から頼まれた手帳の件を調べるために垣原《かきはら》や中之島が誘ってくれたサークル活動の日だ。潤は何度も行こうか行くまいかと悩んでいたが、手帳の調査がまったく進まないこともあってとりあえず行ってみることにした。以前垣原が言っていた通り、無理そうだったらやめればいい。

それに、今日こそは中之島にきちんと気持ちを伝えなければと考えたのも大きい。大山が心配してくれた気持ちに向き合いたいと思った。

「橋本《はしもと》くんっ。何だかすごく久しぶり！」

ワンピースにブルゾンをはおった女の子らしい格好をした中之島はもう待ち合わせ場所に来ていた。部室には誰かしら人が来ているはずだからと、潤たちはサークル棟へと歩いて行く。

日が落ちて周囲はもう真っ暗だが、坂道の両端にそびえるプラタナスは街灯に照らされて紅葉し始めているのが見えた。中之島の話を聞きながら坂道を登り切り、脇道へ入ってちょうど人気が少なくなったところで潤は話を切り出した。

「中之島さん、話があるんだ。サークルへ行く前にちょっといいかな」

「うん？　何」

「間違っていたら申し訳ないんだけど。おれには大切な恋人がいるから、君がもしおれに好意を持ってくれていたとしても応えられない」

とても言いにくいことだからこそ、潤は慎重に言葉を綴《つづ》っていく。中之島は一瞬だけ固まったが、すぐに声を上げて笑い出した。

「やだ、そんなの知ってるよ。あのマンションの主でしょ？　年上なんだよねぇ」

「あのっ、だから中之島さんにこうしてくっついてこられるのはすごく困るんだ」

なれたような態度で潤の腕に触ってこようとする中之島を止めて、さらに言いつのる。

「友人以上の気持ちが持てないし、友人でも親しげに触られるのは苦手なんだ」

「うふふ、橋本くんって本当に真面目！　そんなんじゃ恋人にも逃げられちゃうよ。今どき恋人以外とは手も握らないなんて古いよ」

潤の言葉を笑い飛ばして、中之島はてかてかと光る唇をきゅっと引き上げる。

「それにね、橋本くんに恋人がいてもいいんだ。私だって好きだよって言ってくれる人はたくさんいるし。高田くんや馬場くんも、普段横暴なことを言ってくるけどふたりきりのときは優しいんだよ？　あとこれは絶対内緒なんだけど、実は垣原先輩ともいい関係なんだ」

あけすけに話す中之島に、潤は呆然としてしまった。

「だからさ、恋人とか私は全然気にしないから。せっかくなんだから楽しもうよ？　橋本くんが気にするんなら、彼女さんには内緒にしといてあげるから」

「だ、だめだよ。中之島さん！　そんな——自分を傷つけるようなことはやめよう？」

「やだ、傷つけるようなことって。楽しんでやってるだけだよ。橋本くんの考え方って本当に古い。ひと昔前のおじさんみたい」

中之島はむっとしたように顔をしかめている。が、大きな目はやけにゆらゆら揺らいでいた。

「おれの考えが古くてもおじさんみたいでもいいんだ。でも中之島さんはもっと自分を大事にして欲しい。女の子なんだから——…」

潤が強く言うと、中之島はきっと唇に歯を立てる。大きな目に見る間に涙がたまっていくが、その目で潤を睨んできた。

「そうだよっ、私は女だからこうするしかないんじゃない！　嫌われたくないもん。お願いされたら絶対断れないよ。嫌だって言ったら嫌われるに決まってるんだから」

「嫌われるって……」

「中学のとき、私イジメに遭ってたの。クラス中のみんなが突然しゃべってくれなくなって、話しかけても無視されるんだから。橋本くんにそういう経験ある？　ないでしょ。すっごく怖かったんだから。学校に行きたくなくてずっと苦しかった。もうあんなの二度と嫌だ」

明るいはずの中之島が、時々見せる暗い顔はそういう過去があったせいか。今もうっそりとたたずむ中之島は、真っ暗な井戸の底を覗き込んでいるような顔をしていた。

「だから人を怒らせるのも嫌われるのも怖い。みんなにいい顔をして、嫌なことでも先回りして自分からやりたいって言うの。やりたくないことも大好きだって顔をしなきゃならない。またみんなに嫌われるのは嫌だもん。みんなのお願いを断って、またもし無視されたら――」

誰にでもいい顔をしていたのも複数の男と関係を持っていたことも、本当は中之島が望んでいなかったと知ると、潤はたまらなかった。中之島の心が望んでいないことをするごとにどんどん傷ついていったのが手に取るようにわかる。

「無視なんてしないよ。そんなことで誰も中之島さんを無視とかしない」

どこか怯えたような顔をしている中之島と目を合わせて、ゆっくり首を横に振った。けれどその瞬間、中之島はきっと潤を睨みつけてきた。

「橋本くんには大山くんみたいな頼りになる親友がいるからそんな簡単に言えるんだよっ。だって私には誰もいないもん。友だちは多いけど、私のことを本当に心配してくれる友だちはひとりもいない。みんなが私の悪口を言っているの、知ってるんだから」

「おれが心配するよっ。中之島さんが本当は嫌だって思ってることを断れない姿を見て、すごく心配する。もっと体を、心を、大事にして欲しいってすごく思うよっ」

とっさに潤が言うと、中之島は咳き込むように泣き出してしまった。

「何で橋本くんがそんなことを言うのっ。私のこと好きじゃないんでしょ？　好きじゃないならほっといてよ」

「放っておけないよ。中之島さんに恋愛感情は持てないけど、でもっ、おれは中之島さんの友だちだから心配してもいいんじゃないかな。それに『好き』って感情は恋愛以外にもあるよね？　おれも、実は最近になって『好き』って感情を知ったんだ。恋人に教えてもらったんだけど、でも今は恋人以外にも『好き』な人がたくさん出来た。家族だったり友人だったり。彼らへの思いはどれも比べものにならない重さだと思ってるよ」

自暴自棄になる中之島を止めたい一心だった。泣いている中之島が潤の言葉を聞いてくれているのがわかったから一生懸命自分の気持ちを伝える。泣いて目を真っ赤にしたまま中之島が顔を上げてくれて潤はホッとしたが、

「――恥ずかしい。よくそんなこと真顔で言えるね」

ひどく決まりが悪そうに言われてしまった。潤も瞬間顔が熱くなる。

「よく……言われる」

潤の答えを聞いて、今まで泣いていた中之島が噴き出した。泣き笑いの表情を見せる中之島だったが、涙を拭うと潤を見た。

「じゃ、私と付き合ってよ。全部の男と切れるし他の人にもいい顔しないから、橋本くんが私の面倒を見てよ。橋本くんが今の恋人と別れて私と付き合ってくれるなら頑張ってもいい」

「それは……出来ないよ。中之島さんの恋人におれはなれない。そういう意味で好きな人はひとりだけだから」

「ほらっ。やっぱそうなんじゃない。口だけじゃないっ。心配だとか言っといて嘘つきっ」

「でもっ、でもひとりでも心配してくれる人がいたら世界は変わるよねっ」

潤は声を張った。嘘じゃない。口先だけの言葉じゃないと伝えたかった。

だって、おれも同じだったから――――。

「自分のことを好きだって言ってくれる人が、心配してくれる人がひとりでもいるだけで、強くなれると思うんだ。おれがそうだったから。恋人がおれのことを好きになってくれて、おれは今のままでいいんだってホッとした。人とあまり上手くしゃべれなくて、真面目すぎて人に煙たがられる性格のおれこそが好きだって言ってくれたんだ。それでいいんだって。泣きたくなるほど安心した。すごくホッとしたんだ」

中之島が縋ってくる手を潤は握り返してやることが出来ない。潤にとって、それは泰生だけが相手だから。けれど友人として中之島の隣に立つことは出来るはずだと言葉を重ねる。隣に立って、声をかけることは自分にも出来るんじゃないか、と。

「だからおれは強くなれた。今まで踏み出せなかった一歩を踏み出せたんだ。大山くんは、そんなおれに出来た初めての友だちなんだ」

「初めてって……」

「その……おれって、別にいじめられていたわけじゃないけど、実は高三まで友だちはひとりもいなかったんだ。勉強にしか興味がなかったというのもあるけど」

潤の言葉を聞いて中之島が絶句する。

引かれたのかも知れない。友だちの少ない自分の話は真実味が薄いと思われたらどうしよう。

それでも、潤は臆《おく》しそうになる気持ちを必死に奮い立たせた。

「えっと、だから——おれは中之島さんの恋人にはなれないけど友人でいるつもりで。もちろん中之島さんにはいっぱい心配してくれる人も頼れる人もいると思うよ。井上《いのうえ》さんや大泉《おおいずみ》さんだって中之島さんをすごく心配してる。本当は中之島さんも知ってるんじゃないかな」

中之島はもう口を開かない。迷子の子供のような顔をして潤の話を聞いていた。自分の気持ちは伝わっているのかいないのか、潤にはわからない。それでも少しでも気持ちが伝わればいいと心を尽くして話していく。

「自分のために、心配する友だちのために、中之島さんも一歩踏み出せないかな。心や体を自分で傷つけるようなことはやめて欲しいんだ。自分がどうしても嫌なことはきちんと嫌だって拒否していいと思う。そんなことで誰も中之島さんを嫌ったりしないよ。少なくとも、中之島さんの周りにいる友だちは絶対嫌わない。もちろんおれもだよ」

潤が話し終わったとき、中之島の目からまた大きな涙がこぼれ落ちるのを見てしまった。ぎょっとする潤を中之島はくしゃくしゃの顔で睨みつける。

「——もう、もうっ。橋本くんと話してるとわかんなくなるっ。混乱させないでよっ」

捨て台詞のように言い置いて、中之島は背中を向けて走り去っていった。ひとり取り残された潤は、呆然と見送るばかりだ。

傷つけてしまったのかもしれない。つまるところ、彼女を拒絶してしまったことになるのだから。しかも他にもいろんなことを口走ってしまった。中之島が——友人が、自らを傷つけているのが自分のことのように苦しくなって言わなくてもいいことを言ったかもしれない。

潤は深くため息をつきうなだれる。

こういうのって本当に難しい。おれってまだまだダメだな……。

自分の思いを真摯に伝えたつもりだが、結果中之島を泣かせてしまった。自分の伝え方がもっと上手かったら、もしかしたら彼女は泣かなかったかもしれない。そう思うと、自分の未熟さが悔しくなるほど情けなかった。

それでも先ほどの言葉が、今の潤の精一杯だ。

自分が求めるのは泰生であり中之島ではないし、中之島に自分を大切にしてもらいたいと願う気持ちも変わらないのだから、今回のことは避けることは出来なかったのだと受け止めて、今は自分の未熟さを恥じ入るとともに人を傷付けるつらさを噛みしめるしかなかった。

頬をこわばらせて、しくしく痛む胸を潤はそっと押さえた。

「あれ、橋本？　何やってんだ、こんなところで」

道の向こうから大きな声をかけられる。顔を上げると、垣原が立っていた。

そうだ。まだ大きな問題がこれから控えていた。

「今、中之島が泣いて走って行ったけど、まさか橋本が泣かせたのか？」

「えっと……」

潤は気まずくて口ごもる。すると、垣原はわかっているというように何度も頷く。

「中之島は可愛いけど、ちょっと困ったちゃんだからな。ま、ここまで橋本を連れてきてくれたからいいか。部室、行こうぜ」

さっさと歩き出した垣原に潤は何か言おうと思ったけれど、結局何も言えなかった。垣原の後ろをとぼとぼとついていく。

中之島の発言によれば、さっき彼女は垣原とも関係があると言っていた。垣原は、中之島の弱い部分も知っているのかもしれない。

「そういえば、演出家としての『タイセイ』ってすごかったんだな。昨日ネットで改めて調べたら、今年の九月にパリで『ドゥグレ』のイベント演出を手がけて大成功を収めたって記事があったんだ。橋本は知ってたか？　タイセイって日本じゃほとんど活動しないからモデルとしての方が有名だけど、今度の『Laplace《ラプラス》』の演出をすることで大注目を受けるかもな」

「……？　その『Laplace』って何ですか」

初めて聞く単語に、潤は首を傾げる。すると、どうしてそれを潤が訊ねるのかわからないように垣原こそが眉を寄せた。

「何言ってんだよ。『ケイスケ　ヤツカ』の新ブランド名だろ」

「そうなんですか？」

今までセレクトショップに服を卸していたときには『ケイスケ　ヤツカ』名義だったが、今回正式にショップを持つため、新しく『Laplace』というブランドを立ち上げたようだ。

「かっこいい響きですね」

潤が感心していると、垣原が呆れ顔で見下ろしてきた。

「おいおい、まさか本当に知らなかったのか？　もしかして、橋本はあまりタイセイと親しくないのか。そんな基本的なことも聞かされていないだなんて。そういえば、この前のパーティーでもタイセイから何かそれらしいことを言われてたよな？　橋本の交友関係に自分は一切関知しないとか何とか」

「そう、ですね――…」

ただあれは、垣原を不用意に潤へ近付けさせないために泰生が牽制して言ったことだ。

泰生の演出の仕事については、実際潤は知らないことの方が多いだろう。特に仕事の具体的な内容に関して、泰生から言われない限りは潤もあまり聞かないようにしている。

泰生は仕事として演出をやっている。だから何の役にも立たないまだ学生の自分が興味本位で首を突っ込むのは不謹慎な気がしていた。泰生がどんな演出に関わるのか程度のスケジュール以外は、泰生がたまにもらす話を楽しみに聞くぐらいだ。

「だったら、橋本はどうしてタイセイから手帳の件を依頼されたんだ？」

「依頼というか、ちょっと頼まれただけなんです。おれの周りでどんなものを使っているかチェックしてくれって」

「……何だ。そんなものか。ちょっと当てが外れたな」

「え？」

「いや、何でもない」

垣原の口調がわずかに変わったような気がした。何が変わったかはわからなかったが。

しばらく思案に沈んでいた垣原だが、サークル棟らしき建物が見えてきたところでにっと笑顔を見せた。

「でもさ、今度の『Laplace』オープニングイベントはすごいことになりそうだよな。演出家『タイセイ』のいわば日本デビューと言ってもいいんじゃないか？　今から楽しみだぜ」

興奮したようにさらに声が大きくなる垣原に、潤の唇にも笑みがにじむ。

泰生に関わったら、次に泰生は何をやらかすのかと皆気になって仕方がなくなる。潤も同じ気持ちだ。泰生がどんなすごいものを見せてくれるかワクワクしていた。

「橋本。ここがイベント企画サークル『Welcome《ウエルカム》』だ。入れよ」

ロの字型のサークル棟の二階に、部室はあった。横に長い室内には二〇人程度の学生が思い思いに談笑している。垣原が入ってきたのを見て、後輩らしい部員たちが挨拶をしてきた。後ろにいる潤を見て首を傾げる学生もいる。

どうしよう。もろに部外者という感じの視線が気まずい……。

じろじろと興味津々に見られて、人の視線に未だ苦手意識がある潤は俯かずにはいられなかった。そんな潤に垣原は部屋の端にある椅子を指さす。

「橋本はその辺に座ってろよ」

皆の前に立たされて紹介でもされるかとどぎまぎしていたので、ある意味放り出されて潤はホッとした。他の学生と話し出した垣原を横目に、潤は学生たちとは少し離れた場所に座る。

でも、ここまで来たからには覚悟を決めなければ――。

垣原はサークルの仲間を紹介してくれると言った。皆とわいわいやっている中でうまく手帳の話を振ってフォローしてやる、とも。

けれどそんな垣原に甘えてばかりではだめだと、潤は臆して縮こまろうとする心をふくらませるべく深呼吸を繰り返した。機会を設けてもらったのだから、少しは自分でも動くべきだろう。せめて挨拶くらいはしたいと俯く顔を上げてみる。

自分から見知らぬ誰かに話しかけるのは今でもハードルが高い。しかも、楽しそうに話しているグループの中に割って入るのはさらに難しかった。それでもふたりの男子学生が潤の前に座ったのを機に、勇気を振り絞ってみる。

「あの……」

しかし潤の声が小さかったのか、ふたりは気付かずにこそこそと話し始めた。

「何で突然招集がかかったの？　今日は自由参加の日だったろ」

「垣原先輩が招集をかけたらしいぜ。しかも昨日の夜に突然。みんなぶーぶー言ってた」

ふたりが話し出したのは垣原のことらしく、潤はますます話しかけづらくなる。

「垣原先輩、夏のインターンシップの選考に落とされまくったらしいぜ。でもしょうがないよな。先輩の志望方面って広告マスコミって言うし、D社やH堂とか高望みしすぎだろ」

「先輩、外面だけはいいのにな。その辺、人事の人はちゃんと見抜いたってわけか。すげぇ」

「だから今すごく焦ってるって話。あの人、言うことは大きいくせにいつも結果が伴わないよな。隠してるつもりらしいけど、基本目立ちたがり屋だし酒に酔うとすぐに言うのが――」

「『おれはこんなところで終わる人間じゃない！』」

「そう、それ！」

男子学生はクスクスと笑い合っている。聞き苦しいことばかり話されるせいで、潤は顔も上げられなくなった。人の噂を鵜呑《うの》みにはしないが、それでも少しだけ気持ちは乱される。

「みんな、しゃべるのはやめて注目――」

そんな時、垣原がホワイトボードを背に立ち上がった。前に座った男子学生たちもようやく話をやめて顔を上げる。潤も少しだけドキドキした。

「実は今日集まってもらったのは外でもない。みんなに、協力を依頼したいことが出来た」

大きな声で垣原がしゃべり出し、ひと呼吸置いてにやりと笑う。

「しかも聞いて驚け。とんでもない筋からの依頼だ」

続けられたセリフに、室内にいる学生たちは興味深そうな顔つきになった。ただ、潤は不穏な気配を感じて眉を寄せる。

いったい垣原は何を言い出すつもりなのか。

それとなく話を振ってくれるんじゃなかったのか。

「みんなも『ケイスケ　ヤツカ』というファッションデザイナーを知っている人も多いと思う。モデルや芸能人に人気の高い服を作ると最近雑誌にもよく載っているよな？　実はその『ケイスケ　ヤツカ』が来年の春にショップをオープンさせるんだ。その名も『Laplace』。今回みんなに話し合ってもらいたいのが、オープニングイベントの際に配られる予定のノベルティグッズについてだ」

滔々《とうとう》と話し出した垣原のセリフに、潤は耳を疑った。

いや、確かに自分は手帳について調べたいと望んでいた。友人たちに聞いたがあまり数も集まらなくて、だったらサークルで聞いてみたらいいと垣原に誘われて潤もこの場にいる。だが、まさかこんな何もかもをオープンにするなど聞いていなかった。

そもそも、サークルの仲間を潤に紹介するという話ではなかったか。皆と雑談する中でうまく話を振ってやるからという話だったはず。

「か、垣原さんっ」

潤はたまらず腰を浮かしかける。が、潤の声は興奮したように騒ぎ出す学生たちの喧噪《けんそう》にかき消された。垣原は潤の方を見向きもしない。

「みんな、興奮するのはまだ早いぜ。ショップのオープニングイベントの演出を手がけるのが、何と『タイセイ』だ。今世界で最も有名な日本人と言っても過言ではないカリスマモデルのタイセイが、実は演出もすることを知らないヤツも多いだろう。だが、彼は今年の九月にパリで『ドゥグレ』のパーティーイベントも手がけて見事成功を収める実績も残しているんだぜ」

張りのある大きな声は学生たちの喧噪をものともせず、部屋中に言葉を響かせていく。

「その演出家『タイセイ』が今回の依頼人だ」

そのひと言に室内はどっとお祭り騒ぎになった。先ほど垣原の悪い噂話をしていた男子学生たちも、「垣原先輩はすごい」と正反対の言葉を連呼している。潤は垣原の信じられない言動に、中腰のまま固まってしまった。顔色はおそらく真っ青だろう。

「タイセイが言うには、オープニングイベントで配られるノベルティグッズは手帳。ちょうどショップオープンが三月だから、四月スタートの手帳がクローズアップされたってわけ。みんなに話し合ってもらいたいのは、おれたちがどういった手帳を求めているかについてだ。ま、いわば学生の総意を知りたいってことだろう」

そこで垣原は話すのをやめて、皆の反応を見回す。潤の青ざめた顔も見ただろうが、視線は止まらなかった。

「『ケイスケ　ヤツカ』の新ブランド『Laplace』は、おれたち若い世代が着る服を売るんだ。手帳が配られる対象がおれたち世代なら、おれたちが中心となって進めた方がきっといいものが出来るに決まっている。今回、タイセイに依頼されたのは大学生がどういった手帳を求めているかについてだが、おれは、おれも含めたサークルのみんなでタイセイと一緒に今後のイベント演出にも関わっていけるよう働きかけるつもりだ。そのためには、まず早急に手帳についての見解を資料としてまとめ上げないといけない。みんな、協力してくれるだろう?」

垣原の鼓舞《こぶ》するような口調に、気持ちをひとつにまとめた学生たちはときの声を上げた。その中で潤だけは呆然と動けなかった。垣原が何をしたいのか、ようやくわかって驚愕《きょうがく》していた。そして、垣原はどうしてここまでイベントのことに詳しいのかも疑問に思う。

しかし、今はそんな時じゃないと思い直して潤は声を上げた。

「待って下さいっ。あの、皆さん待って。垣原さんっ」

自分にできうる限りの大声を上げた。半分は喧噪に消されたが、それでも半分は垣原にも届いたはずだ。その証拠に、潤の周りにいた学生たちは何事かと振り返ってくる。

しかし、垣原だけは何も聞こえなかったようにまた口を開いた。

「さて、早速だが。演出家タイセイは今回のオープニングイベントにアートデザイナーを起用しているんだ。新進気鋭の伊《い》藤《とう》龍一《りゅういち》氏で、おそらく彼が手帳のデザインも――」

「垣原さん、もうやめて下さいっ」

潤は声を振り絞って訴えた。ようやく声が通り、その場にいる学生たちが潤を振り返ってくる。怯みそうになる気持ちを叱咤し、潤は垣原を見上げた。垣原も、ようやっと潤の顔を見る。

「何だ。邪魔するなよ、橋本」

「今すぐ話し合いはやめて下さい。こんな、ひどいです。何もかもオープンにするなんて聞いていません。こんなやり方は望んでいません。手帳について調べて欲しいという件については取り下げます。だから、もう話し合いもやめて下さい。泰生だってこんなことは望んではいないんです」

「タイセイが何を望んでいるか、橋本が知ってるって？　冗談だろ、イベントについて何も知らされていない橋本に、タイセイの何がわかるんだ？」

「それは……でも、とにかくまだ公にされていないことを口外するのはやめて下さい」

「おいおい。自分が何も知らされてなかったからって、そんな目くじら立てんなよ。公にされてないと言っても兄貴の話じゃ業界では公然の秘密だというし、ここのヤツらは守秘義務もきちんとしているから大丈夫だって」

垣原はそこで部員たちを見回す。

「それに、みんなに協力を依頼するんだからこっちだって情報を開示して誠意を見せないとフェアじゃないだろ?」

居並ぶ学生たちが大きく頷くのを受けて、垣原はどうだとばかりに潤を見た。室内にいる学生たちのほとんどが、垣原と同じ思いだというように潤へ非難の眼差しを向けてくる。

「意見を求めるにしても、何についての意見が欲しいのか詳しく知らなければ的外れなものばかり集まる可能性だってある。ばらばらな意見が集まっても混乱するだけだろ。タイセイに強く訴えかけるためには、おれたちは的確な意見を出し合ってひとつの方向性へ導かなければならないんだ。それが学生の総意ってもんだろ」

わかってないなとばかりに肩を竦めた垣原に、潤は唇を嚙みしめた。突き刺さるたくさんの視線から今すぐにでも逃げたくなる。それでも潤は踏みとどまって震える口を開いた。

「それでも、おれは垣原さんの意見に賛同は出来ません。どの意見が的確か的外れなのか、すべての意見を総合的に判断して取捨選択《しゅしゃせんたく》するのは泰生の役目であって、この場に委《ゆだ》ねられてはいないはずです。制限を設けてみんなの意見を取りまとめて、さらにそこに方向性までつけてしまったら、それは資料とは言わないと思います。泰生が欲しいのは総意ではないんです」

しゃべるごとに心がゆっくり落ち着いていく。

自分がしっかりしなければいけない。泰生の不利になるような行為は止めなければ。

大学のこの小さな部室で話し合ったことが泰生の仕事に直接の影響はないかもしれないが、自分がこの場にいる以上は小さな芽ひとつ見逃してはダメだと思った。垣原が自分を騙《だま》すつもりでいたのを見抜けなかったことも、潤が必死になる原因のひとつだ。まさか垣原があんな大それたことを考えていたとは思ってもいなかった。オープニングイベントについて、垣原があれほど詳しく知っていると把握出来なかったのも失敗だった。

今さら言っても仕方のないことばかりだが、せめてこれ以上事態が悪化するのは止めたい。

「それに、まだ公になっていないことをこうして不特定多数の人間に口外するのはやはりダメだと思うんです。泰生の意思や意向を無視して勝手なことはどうかしないで下さい。せっかく場を設けて下さって申し訳ないんですが、今回の手帳の依頼は取り下げます。なので、今すぐこの話し合いはやめていただけませんか」

「——ずいぶん勝手なことばかり言うじゃないか」

垣原は気色ばんだ様子で潤を睨みつけていた。

「橋本が困っているからこっちは善意で協力しようって言ってるのに、その言い方はないだろ。偉そうに『タイセイ』『タイセイ』って言うが、だったら橋本はタイセイの意向とやらがしっかりわかってるんだろうな」

「わかっているつもりです」

潤が強い口調で言うと、垣原は一瞬気圧《けお》されたように黙る。しかし学生たちが戸惑ったように見ていることに気付くと、すぐにちっと舌打ちした。

「話にならねぇな。イベントについてタイセイから何にも知らされてなかったヤツがよく言うぜ。そんなに言うんだったらもういい。橋本は用なしだ、今すぐここから出て行けよ」

「え、あの——」

「この件はおれが預かると言ってるんだ。橋本は手帳の件から一切手を引け。今回のタイセイの依頼はおれが引き受けた。おれが直接タイセイにかけ合うことにするよ。タイセイがうなるような資料を作ってやる」

出て行けとばかりに荒っぽく手を振られて、潤はたじろぐ。垣原にだけじゃない。居並ぶ学生たちからもひどく疎《うと》ましげな視線を向けられた。

「いいから部外者は出て行けと言ってるんだ。邪魔だっ」

癇癪《かんしゃく》を起こしたように垣原に怒鳴りつけられ、潤は急き立てられるように立ち上がる。すると近くにいた男子学生に腕を摑まれて、乱暴に部室の外へと放り出された。

「あの、待って下さいっ。垣原さん、垣原さんっ」

部室に取って返そうとするが、目前でドアは閉められガチャリと鍵までかけられてしまった。閉ざされた扉を何度か叩いてみるけれど、反応は一切返ってこない。

しばらくして——薄いドアの向こうからは、垣原の大きな声が聞こえてきた。どうやら、手帳の件について討議を始めたようだ。サークル内でプロジェクトチームを作ろうとか、アートデザイナーの今までの仕事を鑑みて手帳の案を出し合うべきだとか、具体案を掲げて垣原の主導権のもとに話し合いが進められていく。公になっていない情報は口外しないで欲しいと潤が願った件もまったくの無視だ。

ドアを挟んで行われているディスカッションに、潤はうなだれるしかなかった。なぜこんなことになったのか。自分がもっと上手く垣原を説得すればよかった。

自分の力不足を感じて、意気消沈する。

重ねて、垣原の所行によるダメージも大きい。彼の本意を見抜けなかった自分の至らなさに悔しさと情けなさを覚えるが、それ以上に騙されたショックに潤はひどく落ち込んでしまった。

じくじくと疼くように胸が痛み、潤はシャツのポケット部分を叩く。最初から騙すつもりで垣原が声をかけてきたのではと思うと、心が抉《えぐ》られるような気がした。

いい人だと思ったのに……。

人を信じることで先に進んでいくしかない。自分は自分のやり方でやっていこう。

夏休みにフランスのパリで同じように泰生のために資料作りに奔走した際にそのことを強く実感し、自分の軸となった。泰生と違って凡人でしかない自分は周囲の協力なしでは何もなしえない。ひとりで頑張っても出来ることはほんの少しだ、と。

けれどこうして裏切られてしまうと、気持ちも揺らぎそうになる。

今回のことは垣原が強引に事を進めてしまっただけで、潤が協力を依頼したわけでもないけれど、それでも最終的にこの部屋に赴《おもむ》いたのは潤の意思だ。それだけにショックは大きいし、深い虚脱感に見舞われていた。

これからどうすればいいんだろう……。

潤は途方に暮れてドアを見つめた。しばらくドアの前に立っていたけれど、討議は白熱して終わる気配もない。廊下を通る他の学生たちに不審げに見られるのもあって、潤はこの場は諦めるしかないと唇を噛みしめる。

重い足取りで歩き出した。

泰生に、まず一番に報告するべきだ。そう思い、潤は今日はどこかのパーティーに参加している泰生の帰りをマンションでじっと待った。泰生が帰ってきたのは、日付が変わる頃だ。

「ただいま――…と、潤?」

ベストだけ色違いの洒落たスリーピーススーツを着た泰生は、玄関先に座り込んでいた潤を見て驚いたように声を上げる。

「どうしたんだ、こんなに冷たくなって……」

温かい腕で潤を立ち上がらせると、泰生はわずかに眉を寄せた。セントラルヒーティングで暖められた室内は快適だが、冷たい大理石の床に長い間座り込んでいたせいか、潤の体はすっかり冷え切っていた。

「お帰りなさい、泰生。あの、お話ししなくてはいけないことがあります」

泰生の温かい腕と優しいただいまのキスを受けて、潤はとっさに泣き出してしまいそうになった。が、すんでのところで唇を引き絞ると、今日のことを話し出す。

「先日、八束《やつか》さんのお疲れさまパーティーで会ったおれの大学の先輩のこと、泰生は覚えていますか?」

「あー。何かいたな、そういうの」

「垣原 条二《じょうじ》さんと言います。彼と大学でまた会ったんですが、実は――」

潤が手帳の件を調べていたときに話を聞きつけて協力すると申し出てくれたこと。サークルの部員を紹介すると言われて、迷ったが結局は部室に行ったこと。けれど、実際はサークル全体で手帳の件を話し合う結果になったこと。垣原の暴走を止められなかった――八束のスタッフをしている兄から垣原は独自に情報を得ており、それを皆の前でしゃべってしまったことや泰生と一緒に仕事をやっていくと豪語した――ことも。

だんだん厳しく眉がひそめられていく泰生に潤は震え上がるが、これは自分の責任だと叱咤しながら話していった。

「それで、潤が追い出されたあとも垣原は極秘事項をぺらぺらと話し続けていたというのか」

「っ……。はい、本当にすみません。垣原さんを止められませんでした」

やはり垣原が皆に話していた情報は外にもらしてはいけないものだったのだ。

改めて深い後悔とショックが襲ってきて、潤はきつく奥歯を噛みしめた。泰生は、話の途中から携帯電話をいじり始めている。何か調べものをしているらしい。

「なるほど。パーティーの最後の方で何か変なことを言ってくるヤツがいたなと思ったら、情報がもれていたわけか」

スマートフォンを見ながら噛みしめるように泰生が呟いた。息をのむ潤に、画面を向けてくる。ＳＮＳのサイトが表示してあったが、そこには泰生が八束のオープニングイベントの演出を手がけることが興奮したように書き込まれていた。

「泰生、これ――」

「ダメだな、拡散されまくってる。これからもっと大騒ぎになるな。チッ、アートデザイナーの伊藤のことまで書いてあるぜ。ショップは三月オープンだってご丁寧に……」

泰生は情報を把握するべく携帯電話をいじっていたが、どんどん明らかになっていく深刻な事態に、潤は顔から血の気が引いていく。

あの場にいた誰かがもらしたのだろう。守秘義務は徹底していると垣原は言っていたが、有名人である泰生や八束の名前に学生たちは興奮を抑えられなかったのかもしれない。何の縛りもない不特定多数の人間に話した時点でアウトだったのだ。

「ご…ごめんなさいっ」

潤は震える声で謝罪して深く頭を下げる。

もっと早く止めるべきだった。自分のせいだ。自分がうかつだったせいで招いた事態だ。泰生に迷惑をかけてしまった。

うなだれる潤の頭に優しい手が乗る。顔を上げると、力強い黒瞳とぶつかった。

「もういい、わかったから。潤はもう十分反省しているし、これ以上の謝罪は必要ねぇよ。実際、潤が口外したわけじゃない。おまえのことだ、必死で垣原を止めようとしたんだろ？　止められなかったのはおまえが悪いんじゃなくて、相手が強引すぎたせいだ」

「でも、おれが……」

慰められるのが申し訳ない。こういう事態に発展する可能性に気付くチャンスはあったに違いないのだからと潤は自分のふがいなさを告白しようとするが、泰生は苦笑して腕を伸ばしてきた。強引に胸に抱き込むと、子供を宥めるように背中を叩いてくる。

「こんなに冷えるまでエントランスに座り込んでおれの帰りを待っていた時点で、おまえの気持ちは伝わってきた。すごく後悔しているってな。しかも裏切られてショックも受けてるんだろ、そんな顔してる。おまえは相手の狡《ずる》さよりいいところを見つけようとする人間だからな」

潤は何度も首を横に振った。今の自分は、そんな風に言ってもらう資格はないのに。

「いいから、今は黙っておれに抱きしめられてな」

けれど、泰生の抱擁は揺るがない。力強い腕に、胸の中心から自分の体が温まっていくのを実感した。手の先まで、愛おしさに似た温かみがじんわりしみてくる。

泰生にもそれが伝わったのか。ようやく抱擁がほどけた。

「――よし。んじゃ、八束に謝りに行くか」

ジャケットを脱ぎ捨て、袖のカフスボタンを外しながら泰生が衣装部屋へと歩いて行く。

「あの、おれも行かせて下さいっ。八束さんに謝りたいです」

潤が言うと、ネクタイを緩《ゆる》めた泰生が振り返ってきた。

「じゃ、外へ出かけられる格好に着替えろ。八束をたたき起こしに行こうぜ」

潤を慮かってか、軽く遊びに出かけるような口調で返事をしてくれた泰生に、力がわいてくる。衣装部屋に駆け込むと、クローゼットから丈が長いセーターを取り出した。泰生もジーンズへとはき替えて、シャツの上にコートをはおっている。

マンションから八束の事務所兼自宅までは、下手にタクシーに乗るより歩く方が早い。潤と泰生は八束に電話を入れて簡単に事情を説明したあと、事務所へと歩いて向かった。

八束はまだ起きていた。スタッフたちとショップオープンへ向けて作業中だったらしい。潤と泰生が事務所に到着する頃には、八束サイドも事態を確認して大騒ぎになっていた。

「八束さん、今回は本当にすみませんでしたっ」

「うん。まずは事情を説明してもらおうかな」

いつもは好意的に潤をからかってくる八束が、言葉は柔らかいながらもビジネスライクに話しかけてくる。潤はぐっと奥歯を噛みしめてから、八束に今回のことを話した。先ほど一度泰生に話したことで自分の中でも整理され、説明もスムーズに出来た気がする。

「ん、垣原ってスタッフ、うちにいたか？」

しかし、八束は垣原の名前を出してもわからない様子だ。スタッフに声をかけると、ひとりのスタッフが顔をしかめて手を挙げた。

「あの、おれの後輩かもしれません。先日、一時的にスタッフとして雇い入れました。八束さんのお疲れさまパーティーの前後、すごく忙しいときがあったじゃないですか」

「あぁ、ヤスとミホが感冒性胃腸炎《かんぼうせいいちょうえん》でダウンした頃か。そういえば、何人か臨時で雇ったな。働きがよかったら今後の雇用も考えるって条件で。でも、あれって使いっ走りだったよね」

八束は厳しい表情でスタッフと顔を突き合わせている。

もしかして、正式なスタッフじゃなかったのか。

潤が様子を見守っていると、垣原の兄を呼び出すことになった。

「ごめんね。続き、聞かせてくれる？」

八束に促され、潤は説明を続行する。同時進行で、他のスタッフは状況把握に努めていた。

時間を追うごとに、八束や泰生の情報はネット上で拡散されていく。なまじ泰生の名前が有名なだけに、その勢いはすさまじかった。

「本当に、すみませんでした」

説明を終わって、最後にもう一度潤は謝って頭を下げる。潤の隣でそれまでまったく口を出さなかった泰生が、その時初めて声を上げた。

「八束、おれからも謝罪する。すまなかったな。潤が悪いわけじゃないが、きっかけとなったのは事実だ。けれど、潤も最善を尽くした結果だということはわかってくれ」

「泰生が謝ってるよ、珍しい」

八束が苦笑して茶化したのは、緊張した場を和ませてくれるためだろう。泰生もふてぶてしさを取り戻して顔をしかめているが、潤の気持ちは沈んだままだ。

「潤くん、顔を上げて。事情はわかったから。どうやら、潤くんは利用されただけらしいね。こっちサイドの方が責任は大きいかもしれない。ただ言わせてもらえば、潤くんにはもっと人を見極めてもらうことを僕は望むよ。そろそろ自分の立場ってものを認識するべきだね、泰生の隣にいるつもりなら」

八束に厳しい言葉をもらって、潤は噛みしめるように頷いた。

「オッケ。それじゃ、今回の件は貸しってことで決着づけよう。潤くんと泰生に、それぞれ一個ずつね」

「おい、潤はやめろよ。今回の損害は全面こっち持ちってことでチャラにしろ」

「それも悪くないけど、潤くんに恩を売っておいた方が僕的には美味しいんだよね」

バチンと潤に向かってウィンクをしてくる八束は、もういつもの飄々《ひょうひょう》とした態度に戻っていた。潤に好意的な優しいお兄さんといった雰囲気だ。

それでも、潤の気分は復活出来なかった。泰生がさらりと言った言葉に胸を衝《つ》かれていた。自分の失態のせいで今回の損失が金銭問題に発展していることを知ったせいだ。けれど考えてみれば当たり前のこと。八束のショップオープンはすでに決定事項で、それに向けてさまざまなことがもうスタートしているのだから。

「それで、どこまで情報は拡散されてるか、調べはついた？」

「何か新しい情報は出てきたか」

それでも八束は泰生と何らかの決着をつけたらしく、ふたりは声をそろえてスタッフに確認を取っている。気持ちは沈んだままだが、潤も事態を把握したくて泰生の隣に並んだ。

「何か、変な噂が回ってますね。タイセイさんとJ大有志のコラボ演出ってわけのわからないヤツです」

スタッフのひとりが上げた声に潤は口を開いた。

「J大はおれの学校です」

「あぁ、それは大いに怪しいね。今回の発信元かも」

八束の言葉に潤は頷いた。

垣原はあの時そんなことを口にしていた。泰生と一緒に今後もイベントに関われるように働きかけてみると。それがコラボという大きな話に発展したのかもしれない。

ちょうどその時、入り口付近が騒がしくなった。振り返ると、メガネをかけたふたり組が入ってくるところだ。後ろにいる透明のメガネをかけているのは潤が見知る垣原だった。潤が立っているのをいち早く見つけた垣原は睨むように眼差しをきつくした。

「八束さん、垣原です。どうやら噂の弟も一緒について来たみたいです」

ふたりを連れてきたスタッフの声に八束がすっと背筋を伸ばした。泰生も隣に並ぶ。

「君が垣原くん？」

「はい、垣原新一《しんいち》です。何かお呼びだとか」

進み出てきたのは、垣原の前に立つもうひとりの男だ。木のフレームメガネが印象的な男はおそらく垣原の兄だろう。奥二重気味の目がよく似ている。

呼び出されたはずなのに何も聞かされていないのか、どこか期待に満ちた顔をしていた。

「あぁ、君か。一時期おれの周りをウロウロしてたね、邪魔だって何度か追い払ったのを覚えてるよ。君が、うちの事務所から盗んだ情報を無作為にばらまいたわけか」

「え……」

きつい八束の言葉に、垣原の兄である新一は顔をこわばらせる。

「今回君がしたことは情報漏洩《ろうえい》だよ。極秘事項をたとえ弟であろうと第三者にもらすなど、社会人として一番やってはいけないことだ。君が情報を漏洩させたことによって僕は不利益を被ってしまったんだ。この損失を、君はどうしてくれる?」

「え、あのっ……どういう?」

焦ったように周囲に視線を送る新一に、近くにいたスタッフがパソコン画面を見せた。ざっとそれを見て新一は青ざめた顔になり、勢いよく背後に立つ垣原を振り返る。

「条二! おまえ、何やってんだっ。こんなことをするために、昨夜おれからオープニングのことを根ほり葉ほりしつこく聞き出したのか」

「何って——…」

横からパソコンを覗き込んだ垣原も事態を把握したのか一瞬顔をしかめたが、すぐに視線を上げた。泰生を見て、バッグの中から何かのファイルを取り出す。

「あの、タイセイっ。これ、オープニングイベントでノベルティとして配られる手帳の件について大学生の意見を資料としてまとめてみました。今日話し合って急いでまとめたのでまだ草案程度ですが、すごくいいものに仕上がってます。絶対の自信があるので見て下さい。おれ、将来はタイセイのアシスタントになって、タイセイみたいに世界で派手なことをやりたいんです。これを読んでぜひ考えて下さいっ」

垣原が熱烈に言い募ってファイルを差し出すが、泰生は冷めた目つきで見下ろすばかり。酷薄な表情で腕を組んだまま微動だにしなかった。最初は意気揚々とファイルを差し出した垣原も、次第にいたたまれなくなったらしくいつしか腕を下げてしまう。

「ダメだね、これは。話にならないや」

代わって八束が呆れた声で呟くと肩を竦めた。

「とりあえず事実だけを確認しよう。垣原兄はショップオープンの情報をどうやって知ったの？　まだあの時点ではスタッフ内でも公にしてなかった情報もある。アートデザイナーの伊藤っちの件なんかがそれだ。使いっ走りの君に誰かが教えるはずもない」

新一に向かって八束は訊ねる。端整な顔には、鋭いナイフのような冷ややかな微笑みが浮かんでいた。新一も気圧されてしまったのか言葉につまっている。

「電話が、スタッフの方が電話でショップイベントのことを話してたんです。だから……」

「まったく、目端だけはきくんだね」

ため息交じりに呟くと、八束は鼻の頭に盛大にしわを寄せた。

「その情報を垣原弟にたれ流したってわけか。垣原弟はそれを不特定多数の学生の前でぶちまけやがった。社会を経験したことのない学生の誰かが軽い気持ちでネットに情報を流したんだろうが、これまで秘密裏にやってきたことがこんなヤツらのおかげで台なしにされたかと思うと、怒りを通り越して力が抜けてくるぜ」

横から泰生が口を挟み、新一は気まずそうに顔を伏せる。しかし垣原は心外だとばかりに首を振った。

「待って下さいっ。おれはちゃんとみんなに箝口令《かんこうれい》を敷きました。おれのサークルは普段からイベントを企画しているので、守秘義務は徹底しているはずです。こんなの何かの間違いです。そうだ、そいつ——橋本が怪しいっ。橋本だけがサークルとは無関係なんです、部外者だって追い出したおれを逆恨みして故意に情報を流したんだ。橋本が裏切ったんですよっ」

垣原はいきなり潤に指を突きつけてくる。言いがかりをつける垣原に潤は唖然とした。

しかし、その指を一歩進み出た八束が上からガシリと握り込んだ。同じタイミングで、泰生が潤の前に立つ。

「きさまと潤を一緒にするなっ」

腹の底がびりびり震えるような凄みのある声で泰生が一喝した。

「潤はおれの身内だ。世界中の人間がおれを裏切っても、こいつだけは絶対裏切らないんだよ。潤はおれにとってそんな存在だし、そういう人間だ。間違っても、きさまのような男に踏みつけにされていい人間じゃないっ」

怒りに満ちた口調で語気も鋭くまくし立てる。その迫力に、垣原は一瞬にして震え上がった。重ねて、八束が笑って毒を吐く。

「それにね、人を指さすのは失礼千万なんだよ。僕の潤くんにやめてくれるかな。兄もひどいけど、弟は輪をかけてひどいね」

「っ…ぃたたたっ」

　飄々とした態度の八束だが、垣原の指を握り込む手にはずいぶん力がこもっているらしく、垣原が大きな悲鳴を上げていた。泰生と八束の息の合ったタッグに潤は目を奪われたが、泰生が口にしてくれた言葉には深く胸を打たれた。先ほどショックを受けた潤を慰めてくれた泰生だが、一方で垣原に対して深く怒りを覚えていたのだとも知る。

「もう聞くことは聞いたな。用済みだろ」

　言うだけ言った泰生は、興味をなくしたようにふたりを外へつまみ出せと顎をしゃくった。八束も垣原の指を離したが、その顔はどこか不満そうだ。

「ひどいことをしたのにお咎めなしってのは納得いかないんだけど？　ま、垣原兄に対しては、今回のことを業界に流すってことで制裁は出来るけどさ」

「そ…そんなっ」

「何、不満なの？　でも仕方ないでしょ、君はそれだけのことをしたんだから。業界の仲間が僕の二の舞にならないように、君の素行の悪さについて回状を回すのが僕の務めだよ。しかも、僕の気分も清々するし一石二鳥だ。一度失敗した君はこの先身を粉にしてしっかり働かないと信用されないし、この業界でまともに成功は出来ないからね」

優しげな顔立ちから出る厳しくて辛辣《しんらつ》なセリフに、潤は思わず首を竦めた。当の新一は、今にも倒れそうな顔色をしている。

「い、行くぞっ」

力を振り絞るように新一は言うと、垣原の腕を摑んで歩き出した。不服そうな顔をしている垣原だったが、それでも何も言えなかったのは居並ぶ泰生や八束、スタッフたちの冷眼にいたたまれなかったからかもしれない。

ようやく静かになった事務所で、八束は泰生に「で？」と話しかけた。

「垣原弟の方はどうするつもり？」

「どうもしねぇよ。だが、世間がどうにかしてくれるんじゃね？　あれだけ噂を流されてんだ。明日大学に行けば、話の中心人物として祭り上げられるはずだ。なのに、その後コラボ話がまったく進展しないんじゃ——今後のあいつの立場も推《お》して知るべしだろ」

泰生の言葉に、潤はあっと声をのむ。そうだ。サークルの皆の前であんな大言を吐いていた垣原だ。今回の話が立ち消えてしまったら、垣原は面目を失うだろう。

「ふぅん。僕としてはまだ生ぬるい気もするけど、泰生がそれでいいんならいいや」

両肩を上げてみせる八束を、泰生はじろりと見た。

「それより、おれとしては八束がどさくさに紛れて潤のことを『僕の』とか抜かしやがったのがむかつくんだが?」

「あれ、僕そんなことを言ったっけ? それより、今後の対策を練らないとね」

泰生の視線をさらりとかわし、八束はスタッフたちの方へ歩いていく。舌打ちしながら泰生もその後に続き、主要なスタッフとともに今後の方向性について話し合いを始めるようだ。

「さて、どうするか。どういった方向性を泰生は考えてる?」

テーブルを囲んで、八束がお手並み拝見とばかりに泰生に意見を問う。

「んー、いろいろ考えはあるけど。ショップオープンの時期まで明らかになったんなら、情報が拡散されたのをこの際逆手に取って、伊藤の後輩だと言うウェブデザイナーのあの案を採用してみるのも手だよな」

「伊藤っちの後輩の案って、インターネットでショップオープンまでをカウントダウンするってヤツか。僕は煽るようであまり好きじゃないんだよね」

「あぁ。八束がそう言ったから今まで極力シークレットで進行してたけど、こうもオープンになってしまったら別方向から攻めた方がいいかと——」

泰生たちが真剣に話し出したのを見て、潤は一歩後ろに下がった。

自分は席を外した方がいいかな。

今回の件がある程度収束するまでは潤もここで事態を見守りたいと思っているけれど、部外者の自分がまた下手に情報を知ってしまうといらぬ騒動を起こしてしまうのではないかと、この場にいることに怯む気持ちが生まれる。

自分はここにいてはいけないのではないか。

とりあえず、外の空気を吸ってこようと潤が踵を返したときだ。

「潤、どこに行くつもりだ」

「あの……ちょっと外へ」

泰生に気付かれてしまい、潤は言葉を濁す。そんな潤を見てわずかに眉を動かした泰生は、八束たちに「少し休憩する」と断って潤のもとへ歩いてきた。

「泰生？　あの——…」

「そういえば、もしかして潤は夕メシは食ってないんじゃないか？」

じろりと見られて潤は目を逸らすことで返事をする。やっぱりと呟き、泰生はパーティションで区切られた休憩スペースへと潤を誘導した。事務所の奥にあるため、八束たちの声もほとんど聞こえてこない。置いてあるドリンクサーバーで泰生は潤のものだろうカフェオレを勝手に作ると、さっさとシュガーまで投入してしまう。

「ほら、とりあえず飲んどけ」

「ありがと……」

口に含むと、じんわりとした甘さが体にしみいるようだ。ホッと肩の力が抜けたが、そうなると今度はなぜ泰生が話し合いを抜けて潤のもとに来たのかが気になった。上目遣いにちらりと様子をうかがうと、思案顔の泰生と目が合う。

「潤はこの前パリで、将来はおれの隣に立ちたいと言ったよな？　それはおれのアシスタントとして働きたいという意味でいいんだな？」

「はい。出来れば泰生のもとで働いてみたいです」

潤が言うと、泰生はゆっくり腕を組んで見下ろしてくる。その顔は何か葛藤《かっとう》しているような複雑な表情で、潤は眉を寄せた。

「あの、泰生？　もしかして、ダメですか」

「いや——いや。ビジネスの立場からすれば歓迎したい。演出の仕事と言っても実際は地味な作業の積み重ねの上に成り立っている。裏方仕事でも腐らずに堅実にやり遂げられるだろう潤の性格を思うと、絶対に欲しい人材だ。人間としても信頼出来るし向上心も強い。おまえという人間を知っているおれからすれば逸材だと思うくらいだ」

泰生はほめ殺すつもりだろうか。

潤は熱くなる頰を両手で押さえた。しかし泰生が浮かない顔をしているのを見て、喜びかけた気持ちを引きしめる。

「だが、恋人としては——反対する気持ちの方が強いかもしれない」

言葉を待つ潤を見て、泰生はため息をつくように心の内をもらしてくれた。

「今回みたいに、人に騙されて利用されてショックを受ける潤を見ると、特にな。おまえは優しすぎるんだ。一度親しくなると懐《ふところ》深くまで迎え入れて、相手のために全力を尽くそうとするし本気で気持ちを添わせようとするだろ。つい一年ほど前まで虐げられて育ってきたくせに、その純粋さは奇跡だぜ。おれの好きなところでもある。ただ、そんなおまえだからこれからのことが心配になるんだ」

泰生が痛いように目を細めて潤を見る。

「おれの周りにいるのは、おれを利用しようと目を光らせているようなヤツらばかりだ。潤がそんなヤツらの標的にされるのは目に見えていて、もちろんおれが守ってやるが、それでもおまえの心が傷つかずにすむとは限らない。そうでなくてもこの業界は我の強い人間が多い。一緒に仕事をしていくと、どうしても嫌な目に遭うだろう。それを思うと、潤は、おれの仕事とは一線を画していてもらいたいというのが本当の気持ちだ」

苛立ったように頭をかく泰生は、真剣に話を聞く潤を突然睨んできた。

「なまじおまえがおれの理想のアシスタント像であるせいで、すげぇジレンマだ」

八つ当たりのような発言に、潤は微苦笑が浮かんでしまった。

泰生の方が優しすぎるじゃないか。

口元を隠すように、潤は甘いカフェオレを飲んだ。

自分は泰生の傍にいるために、もう覚悟は決めている。どんなつらい目に遭おうとも嫌な思いをしようとも、泰生の一番近い場所に立ち続ける、と。もちろん傷ついて落ち込むことも多いだろうが、それ以上に泰生とともにあれる喜びの方が大きいのだから。

「潤はおれのアシスタントになりたいのか」

泰生が、もう一度それを聞く。だから、潤も再び同じ言葉を口にした。

「はい。泰生のアシスタントになりたいです」

「即答するな、よく考えろ。いいか？　おれのアシスタントになるからには人を見極めて、今以上に慎重に動いてもらうことが必要になってくる。今回のように何気ない言動で事態が大きく変化することもあるし、信頼した人間に裏切られることもあるだろう。優しすぎる潤にはつらいことが多いはずだ」

泰生が思い直せとばかりに語りかけてくる。

「それでも――――おれにとっては、潤こそが後ろでスタンバっていて欲しい存在なんだ」

しかし最後に、長い沈黙のあとでつけ加えられたセリフに、潤はにっこり笑った。そのひと言があれば、何でも出来る気がした。

「うん。おれも泰生を支えられる存在になりたい。アシスタントをやりたいです」

宣言した以上、これからは今回のようなことにならないようにと潤は改めて肝に銘じる。

潤の言葉を聞いて、泰生は額に手を当てて長息をもらした。しかし顔を上げたときには笑顔が戻っていた。男くさい美貌にひどくアクの強い笑みを浮かべている。悪い男と知りながらもよろめかずにはいられない色悪のような男の顔だ。

「じゃ、今日からおまえはおれのアシスタントだ。そのつもりで動いてくれ」

「は？」

「ふたりで、すごいことをやらかそうぜ」

魅惑的な言葉と微笑みに、潤は反射的に頷いてしまった。けれど、すぐに我に返る。

「え、え？　どういう意味ですか。今日からアシスタントって……」

「その言葉通りだ。そもそもおまえを中途半端な扱いにしていたことが、今回の騒動へと発展させたんじゃないかとおれは思うんだ」

すっぱりと気持ちを切り替えてしまったらしい泰生は、さばさばとした口調で話し出す。

「手帳の件も正式にアシスタントとして携わっていたら、おまえの言動も違っていたはずだ。演出の仕事の内情やスケジュールを把握して依頼主である八束ともきちんと関わっていたら、あの男の嘘も見抜けただろうし暴走を止めることも可能だったかもしれない。だから、今回のことは言わばおれのミスだな。潤はもう気に病む必要はねぇぞ?」

そうは言われてもやはり少し難しい。

潤が返事出来ないでいると、泰生はくすりと笑った。

「気に病む暇はなくなるって話だ。もともとおまえが大学を卒業したら正式にアシスタントに誘うつもりだったが、今日のことで思い直した。おまえは、今この瞬間からおれのアシスタントであることを意識して行動しろ。潤はまだ学生で学ぶことも多くておれのスタッフとして働くのは大変かもしれない。おれもフォローするが、おまえも鋭意努力しろ」

「は、はいっ」

泰生にびしりと言われて、潤は背筋を伸ばして元気よく返事をした。

「よし。んじゃ、八束のとこに戻るぞ。いい加減痺《しび》れを切らしている頃だ」

「あの、おれもですか?」

「おまえはおれのアシスタントだろ?」

歩き出した泰生に振り返られて、潤は喜色を浮かべて頷く。泰生の背を追いかけた。

「遅いよ。ふたりで何いちゃいちゃしてたわけ? こっちは仕事してるってのにさ」

戻ってきたふたりを見て、八束が不機嫌そうに冷たく睨んでくる。そんな八束を軽くいなすと、泰生は潤の肩を抱いて隣に並ばせた。

「みんなに紹介する。おれのアシスタントスタッフだ。今回の仕事からおれの下でサポートにつくことになった。まだ見習いだが、みんなもそのつもりで接してくれ。潤、挨拶しろ」

「た、泰生の、アシスタント見習いの橋本潤ですっ。よろしくお願いしますっ」

潤は勢いよく頭を下げた。勢いよすぎて前のめりに倒れそうになる。それを横から慌てたように泰生の腕が支えた。顔を上げると、呆気にとられているような八束と目が合う。すぐに優しげな微笑みを浮かべた八束は潤に手を伸ばしてきた。

「そうか、潤くんがアシスタントね。それじゃあ、改めてよろしく。今回、泰生に演出の仕事を頼んだ八束啓祐《けいすけ》です。駆け出しのデザイナーってところかな」

「はい、よろしくお願いします。あの、今回のことは本当にすみませんでしたっ」

八束と握手を交わすと、八束の他のスタッフも次々と名乗り出てきた。ひとりひとりに潤は挨拶をして、今回の自分の失態についても改めて詫びて回った。

「八束。潤の手はいい加減に離せ」

「何だよ、挨拶は重要だろ？　アシスタントってことは、今後潤くんと接する機会も多くなるんだから、今のうちから交流を深めておかないとね」

スタッフに挨拶する間もなぜか八束がにぎにぎと潤の手を握り込んだままで、さらには人差

し指を伸ばして潤の手の甲へ滑らせてこようとする。くすぐったさに潤が首を竦めると、泰生が無理矢理割り込んできた。

「何の交流をしてる、何のっ」

八束と泰生のいつもの小競り合いが始まるが、それを見て八束のスタッフは楽しげに笑い合っている。オープニングイベントの計画は白紙に戻り、ショップの経営戦略も練り直しの可能性が出てきたというのに、皆の表情は明るかった。泰生がいるだけでこの先も大丈夫だと思わせるのかもしれない。泰生と並び立つ八束の存在も大きいだろう。

深夜という時間にもかかわらず賑《にぎ》やかで和気《わき》藹々《あいあい》とした雰囲気に、潤はホッとする。アシスタント最初の仕事が、八束のショップでよかった。

「泰生、それいいね。面白いかも」

「だろ？　八束は真面目に考えすぎんだよ。この際、ウェブでしか出来ない楽しみを――」

つい今まで騒いでいたはずなのに何のリアクションもなしに真面目な話し合いへと移行した泰生たちに、潤はもちろんスタッフたちも慌ててメモを片手に身を乗り出した。

活発なディスカッションは夜中すぎまで続いた。

「何で泰生まで一緒に入ってくるんですか」

「ふたりで別々にシャワーを浴びるなんざ、時間の無駄だ。潤は明日も学校だろ？　だったら早く寝なきゃならないし、おれも早く寝たいしな」

「そう言って、どこ触ってるんですかっ」

八束の事務所でショップオープンやイベントについてある程度の方向性を決めた時点で、今日はお開きとなった。今後、急ピッチでそれを煮つめることになるらしい。見習いアシスタントになった潤も、これからは話し合いに参加することになりそうだ。

泰生と一緒にマンションに戻ってきたのは深夜の三時を回った時間だった。

普段の潤だったらもうベッドの中で、今日はいろんなことがあって精神的にも肉体的に疲れてもいるのに、なぜだか眠気はまったくなかった。気分が興奮したままなのかもしれない。

それでも明日も一限目から講義があることを思うと、早めにベッドに入った方がいいだろう。シャワーを浴びて気持ちを落ち着けようと勧められるままにバスルームへ入ったのだが、なぜか追いかけるように泰生も一緒に入ってきたため潤は声を張り上げていた。

「っ、だから……っ」

しかもシャワーがふりしきる中、泰生は潤の体へ手を伸ばしてくる。背中を掬《すく》うように抱きしめられてしまった。

「泰生っ」

「洗ってやってるだけだ。触られても、潤が反応しなければいいだろ?」

楽しげに笑って泰生は勝手なことを言うが、好きな人と肌が触れ合う感覚に気持ちが騒めかずにはいられない。さらには、胸元をくるくる触られたり腰や臀部《でんぶ》を揉まれたりすると、ストレートに官能を呼び起こされる。

「ぁ、あっ……泰生っ」

体も心も疲れているのに、疲れているせいで逆に変な反応を起こしている感じがした。

そのせいか、泰生の手を強くはねのけられない。潤は嫌がるふりはするものの、泰生の手に体は敏感に反応してしまう。

「ん……んっ、ぁうっ」

ひとしきり潤の体を触ったあと、泰生が身をかがめてきた。顎を取られて上向かされ、降り注ぐシャワーに思わず目をつぶった瞬間、泰生の唇が触れる。

「ん……」

唇を優しく吸われ、いたわるように口内を舐め回される。

キスが優しいって、本当にあるんだよなぁ。

泰生に癒されている感じがして、抵抗する気も次第に消えていく。体から力を抜いて泰生の腕に身を任せてしまった。

「ぅ…ん、んっ」

ねっとりと唇に舌を這わせたかと思うと、ゆるく唇を吸い上げられる。甘噛みをされると背筋が震え、しらず喉が鳴った。

トレーニングで鍛えた泰生の体はほどよい筋肉質で、しなやかなスタイルの持ち主だ。抱きしめられると泰生の体格のよさが特によくわかる。泰生の男らしい胸板に手を置くと、潤は腰が甘く疼くのを止められなかった。

「んぅ……んっ……」

いつもは考えてしまう明日のことも、今ばかりは吹き飛んでいた。キスに陶酔し、堂々たる体軀に酔いしれ、潤の下肢にある欲望はすでに頭をもたげてしまっていた。

「ふ、んーんっ」

深く差し込まれた熱い舌が潤の口内を探る。舌先を触れ合わせ、柔らかい粘膜を擦り上げる。互いの舌を絡ませたまま強く吸われると、たまらない官能が体の奥からこみ上げてきた。

バスルームはすっかり湯気で満ち、潤の体温さえ上げていくようだ。

「その気になってきたようだな」

キスをほどいた泰生が、ぬれた前髪をかき上げながら唇を引き上げた。

やはり最初からその気だったのか。

恨めしくて、潤は胸を喘がせながら睨んでしまう。しかし、泰生はすました顔で潤の鼻をつまんできた。

「んんっ」

「仕方ないだろ。ふたりでシャワーに入ったらどうしてもやりたくなる。かといって別々に入ると効率が悪いし。何だよ、だったら潤はどうするって言うんだ」

「そんなの…詭弁《きべん》です」

「うっせ。潤もその気になったんならそれでいいだろ」

泰生らしい傲慢な言葉なのに、潤の口からは苦笑がもれてしまった。

「ほら、腕を上げろ」

シャワーを止め、泰生はソープを両手に泡立てる。潤の体を指先まで泡でもこもこにしていった。泡だらけになった潤の体に、泰生が笑いながら抱きついてくる。

「すげぇ、もこもこ潤の出来上がりだっ」

泰生の言いざまが子供のようで、潤は含み笑いをした。

潤の体を覆う泡をかき混ぜることで、自らの体までついでに洗うつもりか。

確かにこれは効率がいいかも。

しかし潤が笑っていられたのもそこまで。こんなときの泰生が大人しくするわけがなく、泰生のいたずらな手に潤は翻弄《ほんろう》されてしまうことになる。

「ゃっ……ぅ」

泰生の手は潤の背中をまさぐり、臀部の奥にまで指を差し入れてきた。胸の辺りを撫で回し、泡の中にぷつりと立つ尖りを見つけると手遊びのように指先でいじってくる。

「泡の中でも、ここはえらく主張してるじゃねぇか」

「んぁ、やあぁ……っん、ぁうっ」

ぬるぬると泡をぬりつけたあと指先で弾かれると、膝がぶるぶる震えた。キュッキュッと泡越しに指の腹で強く揉み込まれて、潤はたまらず甘えた声を上げる。

潤の屹立《きつりつ》はすでに雫さえこぼし始めていた。

潤も泰生も泡だらけ。バスルームのいたるところに泡が飛んだ頃、ようやく泰生がシャワーコックに手をかける。頭上から肌をたたきつける熱い雨にさえ、潤は小さなあえぎ声がもれてしまった。

きれいに泡を洗い流してバスルームを出るのかと思いきや、泰生が手にしたのは見覚えのあるボトルだった。普段はベッドで使っているローションだ。

「た、泰生……？」

何でここにあるのか。

呆然と潤が見上げる先で、泰生は目の前で官能的な唇をにぃっと横に引っ張る。

「用意周到だろ？　ほめてくれていいぜ。もう夜も遅いからベッドに行ったらすぐ抱きたいし、ここでとろとろにしてやる。ほーら、壁に手をついて後ろ向けよ。おしりをたっぷり可愛がってやる」

顎をしゃくられて、潤は唇を噛んだ。それでも泰生の言う通りに背中を向けたのは、潤自身もこのままで放って置かれるのがつらかったせいだ。

確信犯だと呟きながらも、潤は震える腰を泰生に突き出した。

「ん…く……っぅん」

たっぷりとローションにまみれた指が秘所に触れた瞬間、体が震える。指は抵抗なく入ってきた。ゆっくりと抜き差しし、中で押し広げる。

「っ、っぁ……、そんないっぱ…いっ」

「ん、痛いわけじゃないだろ？　ここは気持ちいいって言ってるぜ」

「んあっ、ぁ、あぅっ」

泰生が指を勢いよく出し入れして、潤は背中をくねらせてしまった。足が震え、膝が笑い、腰が甘く疼いた。官能に炙《あぶ》られた熱が次から次に腰の深いところに落ちてくる。

「中すげぇ熱いな。茹《ゆ》だりそうか？」

背中に伸しかかるように泰生が体をもたせてかけてきた。潤は声を噛んで首を横に振る。体は熱い。それでも、のぼせてしまうほどではなかった。

泰生と、バスルームでのセックスは実は少なくない。ただ、熱気があるなかでのセックスは潤がすぐにのぼせてしまう傾向にあり、泰生もそれを心配してくれたのだろう。実際、今はシャワーも止められており、バスルームはそれほど息苦しくもなかった。

しかも潤としては、今はこのまま愛撫を中断される方がつらいかもしれない。

「ぁっ、ぅんっ……ぁ、っあ」

バスルームの床にこぼれ落ちるほどのたっぷりのローションでほぐされたせいか、秘所が開かれていく感覚も快感でしかない。奥まで指を入れられてかき回される行為は疑似セックスのようで、泣きたくなるほど気持ちよかった。

体の中にたまっていく熱は、奥深くで快感に変換されて積み重なっていく。

ときに泰生が首筋へ落とすキスや、ときにいたずらに胸をいじる行為で、満ちていく快感は大きく揺らいだり波立ったりする。体の中で渦を巻くような昂りの激しさに、くらくら眩暈《めまい》がしそうだ。

「気持ちよさそうな顔して」

「泰っ……、んぁあっ」

呆れたような愛おしむような声が聞こえたあと、ローションにまみれた手は潤の欲望へも伸びてきた。

「ひ…ぅんっ、あっ、あ、あっ」

下肢の熱をぬらぬらとぬめる手で擦り上げられて、潤はひときわ高い声を上げた。首の後ろに小さな震えがたまってくる。それが高みへ連れ上げる前兆のような感じがして、潤は何度も首を振って散らそうとした。

「ぁ、あ……くぅ…んっ」

屹立を擦られ、秘所をかき回され、快感を煽られて、潤は今すぐにも果ててしまいそうだ。それを唇を噛んで必死に我慢する。

後孔に出入りする指はすでに本数を重ねており、潤を甘く蝕《むしば》んでいた。ぬちぬちと水音が耳を犯し、頭の中までかき回すような感覚に潤は何度も喘いだ。壁についた手が震えて、膝もぶるぶる痙攣《けいれん》する。

潤が今立っていられるのは、皮肉にも秘所を貫く指のおかげかもしれない。

「我慢きかないなら、先に一度いっとけ」

「で…もっ、あ、あっ、でもっ」

「いいから、ほら——」

甘やかしてくれる声に、潤はホッとして快感を追いかけることに専念した。

首の後ろにたまっていた震えは、今や背中を覆うほど巨大なものへと成長しており、それを意識するともう我慢出来なかった。

「ん、んっ……ぁ、くぅっ」

ぬめる手で欲望を擦られて、潤は悲鳴を上げて顎《あご》を仰け反らせる。

「んー、中がすげぇとろとろ。おれもこのまま突っ込みてぇ」

「あ、ぃや、ゃっ、ぁあああっ——…」

掠れた声で囁かれた瞬間に、潤はいやらしい声を上げながらバスルームの壁に吐精していた。

「っ……、ふ……は、んっ」

秘所から指が引き抜かれて、潤は壁沿いにずるずるとしゃがみ込んでしまった。頭上からまたシャワーが落ちてくる。優しい手つきで余分なローションを洗われたあと、息を整える間もなく潤はベッドへと運ばれてしまった。

「おれら、こんな夜中に何欲情してんだって感じだよな」

うつぶせに冷たいシーツに懐《なつ》いていた潤の背後で、泰生が苦笑する声が聞こえる。首を巡らすと、泰生がベッドに上がってくるところだ。

下肢で天を衝く泰生の欲望に、はしたなくも腰が甘く痺れた。

おずおずと視線を逸らしたが、おそらく耳まで真っ赤になっているだろう。からかわれるかと思ったが、泰生は自分で言った通り情火に身を焦がしているのかもしれない。

「膝立てられるか？　そう――」

腰だけを高く上げるような格好に恥ずかしさを覚えるが、それ以上に泰生の熱が欲しかった。だから、熱塊が秘所に触れただけで潤の欲望はすぐに頭をもたげ始めたのだろう。

「ふ…ぅ――…んっ」

猛りきった欲望が潤の蕩《とろ》けた肉壁をかき分けて押し入ってきた。ゆっくりと這いずるように奥へ奥へ。深部へ達しても侵入はやまず、潤の肌にざっと鳥肌が立つ。

「ふ……っ」

すべてを納めきったのか、泰生が満足げに息を吐く。潤は反対に息をつめた。火傷しそうな熱に体の深くまで蹂躙《じゅうりん》されて唇をわななかせた。シーツを握り、衝撃をやりすごす。

「っ…っ……、っは…ぁ…」

潤の息が整うのを待っていたかのように、泰生がゆっくり動き出した。

「っ……は、んー、すげぇな。潤の中蕩けすぎ」

丁寧な前戯のせいか、潤の秘所は泰生の屹立に絡みつくように蠢動《しゅんどう》している。それに抵抗するように出入りを繰り返す怒張に、潤の目からは涙がこぼれ落ちた。

スローな律動だけに内部を擦られる感覚は生々しくて、泰生の熱が行き来するごとに潤は体をくねらせる。シーツに額を押しつけて、貫かれる愉悦に必死に耐えた。

獣のように腰を掲げて貫かれる今の姿は、泰生の目にどんな風に映っているのだろう。恥ずかしさは、潤の体に強烈な興奮を植えつけていった。

「ん、は…ぅ……っ、やっ」

こぼれ落ちるぎりぎりまで熱塊が引き抜かれ、次に勢いよく突き入れられる。接合部で音がするほど強くねじ込まれて、潤は顎を仰け反らせた。

「ぃやっ……ぁ、あーっ」

強すぎる律動に首を振る。体を揺さぶられるせいで、体の下で潤の欲望がシーツにすられるのも気持ちよくて、潤自身も知らず腰をうねらせていた。

ゾクゾクする痺れが背筋を何度も上っていく。ときに、脳天まで届く痺れに体がぶるぶると震えた。灼けた欲望に内側から焦がされて、体が熱くて仕方なかった。

「すっげ、気持ちいい……っ」

泰生が呟き、律動が次第に速さを増していく。

すぎる快感に体が無意識に逃げを打つ。シーツを掴み、潤は腰を前へと逃がそうとする。しかし、泰生に強い力で引き戻されてさらに猛った熱棒で体の真ん中を貫かれた。

「ひっ…ぅん――…んっ、え…うっ」

苦しいほどの気持ちよさに、潤はとうとう泣き出してしまった。子供のようにしゃくり上げる潤に、泰生は容赦をするどころか逆に興奮したように律動を激しくする。

きついグラインドをきかせながら、さらに深部を目指すように甘い凶器が押し入ってきた。しかし蕩けきった潤の肉壁は、泰生の欲望を飲み込むように蠢動して奥へと誘い込んでいく。熱棒にきつく絡みついて、抜き差しさえ阻むように。

「っ……少し緩めろって。気持ちよくしてやれねぇだろっ」

それを振り切るように、泰生が鋭い突き入れを何度も繰り返した。入れたまま、中をかき回すように腰を大きくグラインドさせる。

「くぅ……んっ、あ、あぁっ、ぅん……」

痛みを感じるほどの快感と甘い苦痛がない交ぜとなって、潤はただただ悲鳴を上げるばかりだ。それに煽られたように、泰生の抽挿《ちゅうそう》も速くなっていった。

「ぃやっ、ぁ……ぁ、も……や、だっ」

腰の奥から駆け上がってくる痺れは、次々と脳天に突き刺さってくる。背中をくねらせて愉

悦に耐えるが、後ろから獣のように欲望をねじ込んでくる泰生のピッチは、すでにクライマックスのものだった。

「ひっ――…っん、ぁんっ」

泰生に貫かれるたびに潤の目前で火花が散る。それが現実のものか幻か、もう潤には区別がつかなかった。腰をうねらせ、甘い声をこぼしながら揺すぶられるばかり。

「……っ、クソ。だから緩めろって言ってるだろ」

うめくように呟き、泰生はさらに質量の増した熱で潤を穿《うが》った。重さが付加された律動は、有無を言わさず潤を高みへ連れ上げる。

「あ、っ…ぁ、ぅん――――っ」

「っは、っ……ぅ」

甘い凶器に体の奥深くを抉られたとき、潤はとうとう声を掠れさせた。パタパタと潤の精でシーツを汚した瞬間、泰生の体もぶるりと震えたのを知った。

「珍しいな。橋本が寝坊だなんて」

「うん、初めてかも。電話、ありがと」

大山に返事をして、潤はうなだれてサンドウィッチにかぶりつく。

八束の事務所で深夜まで話し合いに参加し、その興奮のままにマンションへ帰ってきて泰生と情熱的に抱き合ったせいで、翌朝潤は目覚ましでは起きられなかった。

今朝は、一限が終わっても大学に来なかった潤を心配してかけてきてくれた大山の電話で目を覚ましたという顛末《てんまつ》だ。当然二限の講義にも出席することが出来ず、学校に来てまずしたことが学食で昼食の時間に朝食を取るなどという潤にはあり得ない不真面目なことだった。

昨夜というか今日のことだが、最後には潤を好きに翻弄《ほんろう》していた泰生も今朝は珍しく一緒に寝坊してしまったから、潤は文句も言えない。

「寝坊したわりには、まだずいぶん眠そうだな。もしかして、噂が原因だったりするのか？あいつが絡んだ手帳の件って、もともとは橋本が調べていたヤツだろ」

大山は最後声をひそめる。すぐ隣のテーブルで興奮したように女の子が話しているのは、潤の大学と泰生とのコラボ演出に関する噂話だ。

大学に登校して驚いたのだが、昨日の手帳の件から発展した間違った噂話は思った以上に学生たちの間で広まっており、多くの関心を集めていた。イベント企画サークルはもちろん垣原の名前も中心人物として話されている。

昨日、泰生が口にしていた世間や世評による垣原への制裁は現実のものになりそうだ。

「——うん。でも、もちろん噂話は本当じゃないよ。だけど、今回の騒動のきっかけを作ってしまったのはおれなんだ。結果、泰生にもすごく迷惑をかけてしまって」

肩を落とす潤に、しかし大山はふんと鼻を鳴らす。

「あの男のことだ。橋本がかける迷惑なんざ屁とも思ってないぜ、きっと」

「そんなことないよ。今回のことは損害が発生してるんだから」

「だから、それこそ金で解決出来ることならあの男にとってたいしたことないんじゃねぇの？　生半可のことじゃ顔色も変えないような鉄面皮《てつめんぴ》だ。あの男にとって怖いのは橋本がどうにかなることだろ。物理的にも心理的にも橋本が傷つくような事態が一番こたえるはずだ。それに比べたら橋本がかける迷惑なんざこれっぽっちも気にしないと思うんだがな」

「うーん……」

大山の言葉に潤はうなるしかなかった。泰生の心理は潤にもわからないけれどそう外れてもいない気がして、深く考えさせられる。サンドウィッチを口にしながら思いにくれる潤に、大山は食べ終わったどんぶりの前で行儀よくごちそうさまと両手を合わせた。

「橋本とあの男を見ててさ、最近思うことがあるんだ。あの男は橋本を引っ張っているように見えて、実のところ橋本に支えられてるんじゃないかってさ」

「えぇっ!?」

驚く潤を見て、大山は薄く笑う。

「この前、橋本のマンションで白柳《しろやなぎ》もちょっと似たようなことを言ってたろ。振り回すとか振り回されるとか、ニュアンスは若干違ってたが」

「そう…だけど」

「橋本ってさ、弱そうに見えるが芯は強いんだよな。大人しいくせに言うときは言うし、何だかんだ言って絶対ぶれないだろ。あの男も橋本のそういう部分にけっこう助けられているんじゃないかってさ。まぁ、おれの勝手な推測だがな」

「あぁ、うん。大山くんの推測か」

何だ、びっくりした。あの泰生が自分に支えられているって……。

確かに、たまに『潤がいるから』的なことは言われるが、基本的に泰生はひとりでも何でも出来る人間だから、ほんの少し力になっているくらいかなと考えているだけだ。もちろんいつかは、恋人として仕事のパートナーとして泰生を支えていけたらと願っているのだが。

それでも大山と話をして、泰生に迷惑をかけたことへの負い目がほんの少し軽くなった気がした。今回の場合に限っては、泰生本人に気にするなと言われるより安心出来た感じだ。

「そういえば、大山くんがお母さんにプレゼントしたクリスマスリース、どんな反応だった?

ついさっき、姉さんから届いたって電話があってね。すごくびっくりされたんだ。手作りリースなんてもらったのは初めてだって、とても喜んでくれた」

先日、白柳の指導のもとに大山と作ったクリスマスリースだが、どうやら姉の手元に届いたらしく、お礼の電話がかかってきた。花束はもらいなれている玲香《れいか》だが、クリスマスリースは意外だったらしい。温かみのあるクリスマスリースはさっそく部屋に飾ると、嬉しい言葉ももらっていた。

「あぁ、うちの母親もすごく喜んだな。あんな華やかな誕生日プレゼントをもらったのは初めてかもしれないって。女って幾つになってもああいうのをもらったら嬉しいみたいだ。ただ妹が自分も欲しいって拗ねまくって、それが大変だったけど」

大山の話に笑みをこぼしていると、ポケットに入れていた携帯電話が震えた。届いたメールを開いて、潤は眉を寄せる。

「おれ、もう行くね。今朝は本当にありがとう。じゃ、四限のリーディングで」

「そうか、橋本は次授業なかったな」

サンドウィッチの最後のひとかけらを口に放り込み、潤は立ち上がる。学食を出ると、足早に歩き出した。向かう先は、昨日訪れたばかりのサークル棟だ。

先ほど、垣原からメールが入っていた。大事な話があるからサークルの部室に来いとのことだ。行かないことも考えたが自分の性格上やはり出来なくて、最後にきちんと決着をつけるためにも出向くことを決めた。

ドアの前で一度深呼吸をして、ノックをする。

「こんにちは」

入ってこいとの声を聞いて、ドアを開けた。部室には、垣原の他になぜか中之島が椅子に座っている。潤が近付いてもずっと下を向いたままだった。

その頑なさを見て、そうだったと潤は昨日のことを思い出す。

色々ありすぎて記憶から吹き飛んでいたが、中之島とはちょっとしたケンカをしてしまったのだ。中之島の思いを拒絶して、少し踏み込んだことを口走ってしまった。

そのせいでもう顔も見たくないのかと思うとショックだが、昨日中之島へ言ったことは撤回するつもりはないため、この状況を受け入れるしかないのだと潤は唇を噛む。

ふたりとは長テーブルを挟んだ反対側で潤は立ち止まった。

「あの、話ってなんでしょう」

昨日このサークルで話していたときとは違って、垣原はひどく落ち着きがなかった。憔悴した印象も受ける。潤が問いかけると、尖った目で睨みつけてきた。

「昨日はよくもやってくれたな。タイセイにあることないこと吹き込んだのはおまえだろうっ。

おかげでおれの面目は丸潰れだ。大人しそうな顔して恐ろしいな、おまえは」

「おれは何もやっていません」

「嘘つけっ。じゃなきゃ、タイセイがこの完璧な資料を見ないなどありえないだろ。タイセイが依頼したんだから、手帳の件について調べろって。そう橋本が言っただろっ」

激しく怒鳴り、手にしていた資料らしき紙の束を潤に向かって投げつけてきた。

「っ……」

その瞬間、頬に小さな火が掠めたような衝撃が走った。手をやると、ちかりと痛みがする。指にはうっすら血がついていた。投げつけられた紙で頬を切ったらしい。

血の付いた指を握り込むと、潤はぐっと顔を上げる。

「――垣原さん、おれは昨日ここで言ったはずです。手帳についての件は取り下げると。そもそも、おれは垣原さんに手帳の調査をしてくれと頼んではいません」

床に散らばっている紙には、手帳のことが書かれているようだ。

潤はそれをすべて拾い集めると、テーブルに乗せる。しかし冷静にしゃべる潤に、垣原は怒りを爆発させたようにテーブルの足を蹴りつけた。

「頼んだのはタイセイだっ、誰が橋本の頼みなど聞くかっ」

「きゃっ」

軽い会議テーブルが大きく動き、その衝撃で幾つも椅子が倒れてひどい音がした。垣原の隣で中之島が怯えるように体を竦ませる。

「乱暴はやめて下さい」

潤は言うが、垣原は奥二重の目をじっとり据わらせていた。

「うるさいっ。おれはな、今回のことでタイセイに認められるはずだったんだ。おれの優秀さがこの資料の中には全部つまっていた。これを見たらタイセイだってわかったはずなんだ、おれがどれだけすごい学生なのかってな。それを台なしにしたのはおまえだよ、橋本っ。この責任どう取ってくれるんだ」

「――垣原さんは自分のことばかりなんですね」

潤は腹の底にふつふつとした怒りがわき上がっていた。しかし、それを抑えるように体の横でぎゅっとこぶしを握る。

「垣原さんはことの重大さがまだわかってないんですか？　ブランドのショップ展開のことやオープニングイベントの情報が多くの人に知れ渡ったせいで、いろんなところに迷惑がかかっています。オープニングイベントについては今回のせいで計画を白紙撤回して、一から練り直しになったんです」

「だから、それはおれのせいじゃないだろっ。おれはみんなにちゃんと口止めをした。そもそもうちのサークルは守秘義務は徹底しているんだ。箝口令も敷いたし、あの時点で誰が外にもらすと思うよ。おれはやることはきちんとやってる。情報がもれたのはおれのせいじゃないし、勝手にSNSなんかに上げたヤツが悪いんだろ」

「そうでしょうか。垣原さんのお兄さんから聞いた情報を――」

「黙れよっ。そんなことを話すためにおまえを呼び出したんじゃないんだよ。だいたい、何で計画を白紙撤回する必要があるんだ？　おれたち世代を対象としたブランドなんだから、おれたち学生とコラボした方が購買者の趣旨に合ったイベントになるはずだ。話題性もある。何でタイセイはそこがわからないのか。それに、どうせばれたんならいっそ大々的にマスコミとか呼んで派手にやった方が得だろ。しょせん、モデルでしかないタイセイにイベント企画なんかわかるはずがなかったんだよっ」

「垣原さんっ、いい加減にして下さい。人を貶《おとし》める前に自分のやったことを顧みて下さい。泰生の仕事にはお金が支払われているんです。当然責任も負わなければいけません。今回のことで発生した多大な損害金も泰生が肩代わりすることになっています。おれも含めて、まだ責任も取れない学生が遊び半分で口を出すようなものでは絶対ありませんっ」

潤はたまらず声を上げた。

すごく悔しかった。昨日の話し合いで、当初決まっていたオープニングイベントの計画内容を知らされて、これを白紙に戻さなければいけないことを歯ぎしりしたいほど惜しんだ。自分が発端となっただけに、その思いはとても大きい。泰生と八束が時間をかけて練った計画なのだろうと考えると、そんな泰生を貶めて軽薄なことばかり口にする垣原に腹が立った。

「遊び半分じゃないっ。ふざけんなっ」

垣原は潤を睨んでくるが、その表情はどこか気まずげで声も小さかった。もしかしたら、損害金やら責任やら潤が口にしたことは、あまり追求されたくない件だったのかもしれない。

しかし垣原はすぐに復活する。

「とにかく、今回橋本がタイセイに変な告げ口をしたせいで、おれが活躍する場をふいにしたんだ。おれのメンツを潰してただで済むと思うなよ？　埋め合わせはしてもらうからな」

「おれがそんなことをする必要性を感じません」

「するんだよっ。橋本はタイセイと知り合いなのは間違いないらしいし、だったらもう一度おまえがタイセイに取りなせよ。昨日のことはおれが悪いんじゃないってな。あぁ、橋本が自分で失敗したってことにすればいい」

潤は首を横に振る。そんなことを自分がしなければいけない意味がわからなかった。けれど垣原は興が乗ったように話を続ける。

「そうだよ、昨日のことは何かの間違いだ。おれは本来もっとすごい男なんだ。こんなところでくすぶっている人間じゃない。今のこの環境が悪いんだ。もっと華々しい場所で、そう――タイセイのような男と仕事をすることでおれの才能も発揮出来るはずだ」

　何を根拠にこんな大きなことが言えるのかと、潤は怒りを通り越して呆れてしまった。人を騙すようなやり方を平気で行い、自分のしたことに責任を持たず、ミスは別の人間に押しつけようとする――こんなことをする人間がすごい男のわけがない。たとえ才能があっても社会で成功するのは難しいことだと潤にもわかった。

「――あの。話がそれだけなら、おれはもう帰ります」

　うかつにもこんな男に騙されて、自分は大好きな人に迷惑をかけてしまったのだ。男の話をこれ以上聞くのがもうつらかった。反省するどころか自己顕示欲丸出しの発言を繰り返されて、悔しさと悲しさに心がささくれ立つ気がする。

「待てよ、いいからおれの言うことを聞け。おまえは今すぐタイセイに電話をして昨日のことはすべて自分のミスだったと訂正を入れろ。それでおれをアシスタントに推すと言うんだ。おれがどれだけ優秀な男か十分売り込んでな」

　上から押さえつけるような口調と身勝手な発言に、潤はもう一度否定のために首を振った。

「おれは垣原さんを泰生に紹介は出来ません」

「ッチ。じゃ、仕方ない。中之島、おまえの出番だ」

垣原は、それまで潤たちの会話を黙って聞いていた中之島を呼び立てた。びくりと体を震わせた中之島は、一度潤の顔を見たがすぐにまた目を逸らしてしまう。びくつく中之島の様子に潤は顔が曇った。

「なぁ、橋本。今ここで中之島が泣きわめいて橋本に乱暴されたと言えば、おまえは大学はおろか世間からも追放されるだろうな？」

「なっ」

信じられない思いで垣原を見る。動揺する潤に、垣原は薄く笑ってみせた。

「さいわい、昨日橋本が中之島と言い争っている姿を見たヤツはけっこういるらしいし、今日ここで橋本がトラブルを起こしても納得する学生の方が多いだろうよ。あぁ、ちなみに。おれは目撃者として、おまえが中之島に乱暴を働いていたと証言する予定だ。サークルの幹部であるおれとただの学生である橋本、果たしてどっちの言いぶんをみんなが信じるか」

「そ…んな」

「だからって、今ここから逃げても無駄だからな。その時は——学生センターに明日にでも、おまえに乱暴されたと中之島に訴えさせる予定だから。あることないこと尾ひれをつけて、さらに話を大きくしてやる」

「っ……」

「嫌だというのなら、おれの言うことを聞くんだな」

垣原の言葉に潤は唇を噛む。

人気《ひとけ》がないこの部室に潤を呼んだわけがようやくわかった。中之島をこの場に同席させたわけも。潤に拒否させないように最初からもくろんでいたのだ。垣原の呼び出しに応じたことを今さらながらに後悔した。

ここまで卑劣な人だとは思いもしなかった――…。

垣原が自分の手を汚さずに利を得ようとすることにも気持ちが荒立った。中之島を利用することで、垣原は何のリスクもなく潤と交渉しようとする。潤のことはもとより、これによって中之島の気持ちや立場が今後どうなるかもまったく考えていないように思えた。

垣原の隣で椅子に座る中之島を見た。中之島は頑なに俯いたままだ。垣原の言葉に従うことを了承しているのかは、長い髪に隠れている顔から見定めることは出来なかった。

「おれの要求はふたつだ。今回の失敗はすべて橋本のしくじりによるもので、おれはまったくのノータッチ。おれに非はなかったのだと告げること。もうひとつは、おれが優秀な人間であるとタイセイのスタッフに取り立ててもらうように仲立ちをすること。今からタイセイに電話をして、おれの目の前で話すこともついでにつけ加えとくか。んじゃ、みっつだな」

勝ち誇ったような笑みを浮かべる垣原を見て、潤は奥歯を軋るほど噛みしめた。握りしめた手は氷のように冷たくなっている。

「ほら、早く頷けよ。でないと、橋本は今すぐ犯罪者だぜ。大学は即退学だろうな」

迫られて、潤はゴクリとつばを飲み込んだ。

「――出来ません」

「は？」

「だから、出来ないと言ったんです」

潤が言葉を発した瞬間、驚いたように垣原と中之島が自分を見た。特に、中之島は潤を見て泣きそうに顔を歪める。

「橋本。おれは冗談を言ってるわけじゃないんだぞ。やると言ったら本気でやるからな」

「それでも、おれは出来ません。おれの大切な人にあなたみたいな卑劣な人を近付けさせたくはありません。嘘をつくのも嫌です。だから絶対やりません」

喉がからからに渇いて、出た声は掠れていた。顔色は真っ青になっているかもしれない。けれど、潤の強い気持ちは十分伝わっただろう。

垣原が憤怒《ふんぬ》の形相に変わった。

「あぁ、そうかよっ。じゃあ仕方がない。中之島、やれっ」

垣原は居丈高に声を張った。

「中之島さんっ」

潤は必死の思いで名前を呼ぶ。

昨日、中之島を拒絶したばかりだ。もしかしたら自分に恨みがあるかもしれない。サークルの先輩であり、仲のいい垣原の言うことは絶対だろう。特に、人に嫌われたくないと泣いていた中之島にとって、拒絶の言葉はひどく言いづらいはずだ。

「中之島さん、こんなひどい命令を聞いたりしないで——」

それでも、潤は中之島を信じたかった。そんなひどいことをする人間じゃない、と。

中之島は苦しげに潤を見つめていた。顔は大きく歪んでいる。どうすればいいのか、ひどく混乱している様子であるのが見て取れた。潤もそんな中之島を、祈るように見つめた。

三限の授業中だがサークル棟には人がいるようで、どこからか学生たちの騒ぐ声や音楽が聞こえてくる。そんな遠くのざわめきが、逆にこの室内の静けさを際立たせるような気がした。

緊張感に満ちた雰囲気に、潤はゴクリと喉を鳴らしてもう一度お願いする。

「中之島さん、お願いだ」

「おい、中之島。何やってんだ、さっさと泣きわめけよ。おれの言うことなら何でも聞けるだろ？　橋本を大学から追いやったら、約束した通りにおれの恋人にしてやるから。いいから、さっきおれが言った通りに早くやれって」

動こうとしない中之島に焦れて、垣原が彼女の肩を抱き寄せた。苛立ちながらも猫なで声を出して従えようとする。

「嫌――…」

その声はひどく小さかった。けれど、中之島の口が動いたのを潤は確かに見た。潤が息をのんだタイミングで、中之島が肩にかかった垣原の腕を払いのける。

「嫌よ、そんなこと出来ない。そんなことしない。私はやらないっ」

言葉を発するごとに、声が大きくなっていく。最後、垣原を圧倒するような大声で中之島は拒絶の言葉を口にした。

「中之島さん……」

「友だちを陥れるようなこと、私はやりたくない」

中之島は震えていた。それでも、垣原を見てはっきりノーを突きつける。

「中之島。おまえっ、裏切る気かっ」

まさかの中之島の拒絶に、垣原が激昂《げっこう》して声を荒げた。中之島がひっと首を竦める。今にも暴力を振るいそうな垣原の憤りに、潤は顔が青ざめた。

「垣原さん、やめて下さいっ。中之島さんっ」

潤は急いでテーブルを回ると、中之島の手首を摑んで立たせて後ろに庇う。しかし、そんなふたりに垣原は怖い顔を作って凄んできた。

「中之島、今なら許してやる。言うことを聞けっ」

垣原の命令に後ろにいる中之島はどんな返事をしたのか。垣原がカッと顔色を変えて腕を振り上げたのを見て、潤は出口を確認する。

「に、逃げようっ」

声を上げると、中之島の手首を摑んだまま部室を飛び出した。

「おまえら、待てよっ」

後ろから怒鳴り声が聞こえたが、潤も中之島も止まらずサークル棟を駆け抜けた。すれ違う学生たちから何事かと振り返られたが、気にとめる余裕もない。ふたりが走るのをやめたのは、人通りが多くなったプラタナスの坂道に入ってからだ。

「だ、大丈夫?」

潤も中之島も息がすっかり上がっていた。中之島の手首を放して、潤は声をかける。中之島も苦しそうでしばらく返事が出来なかったようだが、そのうち肩を震わせ始めた。また泣かせてしまったのかと潤はどきりとしたが、中之島は笑い出しただけだった。

「おかしいっ、あそこで逃げ…逃げようって……ククク。いかにも橋本くんらしい。ひ弱すぎるっ。女の子にいいところを見せようって戦う場面だよ、あそこは普通」

笑いむせながら、中之島は切れ切れに訴えてくる。潤は情けなさに顔が熱くなった。

「ごめん。おれ、ケンカしたことがないし、たぶん弱いから」

潤の返事に、また中之島は噴き出してしまう。ようやく笑い終わる頃には、中之島の目には笑いすぎの涙が浮かんでいた。

「大丈夫?」

「うん、ごめんね。助けてくれたのに笑っちゃって。でも、かっこよかったよ」

そんな風に中之島はフォローしてくれたけれど、素直に受け入れるのは難しい。複雑な思いを抱えながら、潤も口を開いた。

「おれこそ、さっきはありがとう。やりたくないって言ってくれて」

潤の言葉に虚を突かれたように目を丸くした中之島は、苦々しい笑みを浮かべた。

「本当に橋本くんって橋本くんだよねぇ」

「えっと、どういう意味?」

「見た目は気弱そうな橋本くんなのにさ、垣原先輩から脅されても嫌だって拒絶出来るしあんな時でも友だちが大事だからって言えちゃうんだから。さっきのだって、私にお礼を言う必要はないんだよ?　あの時ぎりぎりになるまで先輩に嫌だって言えなくて、だから私はあそこに座ってたんだから」

「そんなことないよ。垣原さんの圧力に負けないでくれてありがとうって何度でも言いたい。中之島さんは嫌だって言ってくれるって信じてたんだ。中之島さんが、友だちを陥れることなんて出来ないって言ってくれてとても嬉しかった」

信じてよかった。潤は改めて思っていた。信じて裏切られることもあるけれど、こうして思いを返してくれるとやっぱりこれからも誰かを信じたいと思う。

噛みしめるように潤が言うと、中之島の唇に浮かんでいた苦笑はへにゃりと歪んだ。

「――悔しいなぁ。どうして橋本くんにはもう彼女がいるんだろ。無理だってわかってるのに、本気で気持ちが傾いちゃうよ」

「えっ」

ぎょっとする潤を中之島はうっすら涙がたまった目で恨めしげに見つめてくる。

「私より断然可愛い顔をして、でも生真面目で大人しくて、戦う場面では女の子と一緒に逃げちゃうような人なのにさ。それでもしっかり男の子なんだよね」

今中之島の目に浮かんでいる涙は笑いすぎで出たものとは違う気がして、潤は眉を下げた。またしても中之島の言っていることが潤には理解出来ず、困惑してしまう。

困った顔をしているだろう潤を見つめていた中之島だが、ふと何かに気付いたように俯いて自分の手首を持ち上げた。つい今まで潤が握っていた方の手首だ。さっきは夢中で摑んでいたせいで、中之島の手首にはわずかに赤くあとが残っていた。

「あ、ごめんっ。痛かったよね？　医務室行こうか」

うろたえる潤に、中之島は大丈夫と言って赤くなった手首をもう片方の手で隠した。そっと包むように握りしめる。そのまま、中之島は「ねぇ」と話しかけてきた。

「さっき、垣原先輩に会わせろと脅されていた相手がタイセイとかすごい人でなくて私だったとしても、橋本くんは大事な友だちだからダメだって言ってくれた？」

「もちろんだよ。中之島さんもおれにとっては大事な友だちだから」

心が思うがままに潤が即答すると、中之島は俯いたまま小さく肩を震わせ始める。すすり泣く声も聞こえてきて今度こそ自分が泣かせてしまったと潤はおろおろした。が、すぐに泣き止んでくれたらしく、すんと鼻をすすったあと中之島は顔を上げた。

「――うん。悔しいけど、でも友だちの方がいっか。友だちは別れることないもんね」

涙はにじんではいたが、中之島の顔にはきちんと笑みが浮かんでいる。先ほどから中之島の言動には潤も当惑させられっぱなしだが、彼女が復活してくれたことには胸をなで下ろした。

「橋本くんが友だちでいてくれるなら、私これからちょっと頑張ってみようかな。みんなにいい顔をしなくても嫌なことは嫌だって言っても、橋本くんだけは友だちをやめないでくれるんだよね？　そう思ったら何だか頑張れる気がする」

いつも通り明るい口調に戻った中之島に、潤も口が綻んだ。

「あの、でもさ。中之島さんの友だちはおれだけじゃないからね。井上さんや大泉さん、三島くんや大山くんだって本当は中之島さんのことを心配していたと思うから」

「もう、そこはさ。橋本くんがってことできれいに終わらせて欲しかったよ。頑張ってとか力になるよとかさ。ま、いいけどね。そんなところが橋本くんらしいなって思うし」

中之島が頬をふくらませながらも、嬉しそうに言う。

「ありがとう」

そして、最後に小さな声で呟いた。


垣原の事件から一週間ほど。中之島は本当に頑張っているみたいだ。サークルはしばらく休んで垣原ともきっぱり縁を切ろうとしており、何かと強引なことをする高田や馬場などの友人たちとも距離を置く努力をしているようだ。そんな中之島を同性の友人である井上や大泉は応援すると決めたらしく、今では三人で一緒にいる姿をよく見かけるようになった。潤とも一定の距離を置く友人関係に戻って、潤はもちろん周囲の友人たちもホッとしているようだ。どうやら、潤が思った以上に周りから気にされていたらしい。

一方で垣原は、泰生とのコラボ話の中心人物としてしばらく大学を賑わせていたが、その後何の進展もない上に聞いても曖昧な返事しか返さないために信用を大きく失墜させてしまい、大学に来にくくなっているらしい。一時期は潤にしつこくまとわりついていたが、ここ数日はさっぱり姿を見せなくなっていた。サークル友だちに聞いたという中之島の話では、悪評に加えてどうもまもなく始まる就職活動のために、潤に構ってもいられなくなったらしい。泰生のアシスタントになれなかったせいで、地道に就活しようと思ったのかもしれない。

「このまま落ち着いてくれるといいんだけどな」

願望を呟きながら、潤は指についたバターをぺろりと舐めた。

土曜日の朝、潤は久しぶりに穏やかな気持ちで朝食作りにいそしんでいる。

最近潤がはまっているのは自分で作るサンドウィッチだ。姉の玲香が美味しいと教えてくれたハムと塊《かたまり》で買っているチーズをスライスして、レタスと一緒にふわふわの食パンで挟む。シンプルなサンドウィッチだが素材がいいおかげか美味しくて、多めに作って大学へ持って行くと必ず大山のチェックが入っておねだりを受けるのも楽しかった。

今朝のサンドウィッチは泰生のリクエストでカンパーニュのパンを使い、さらには黒オリーブを入れた特別製だ。

「レタスはしっかり水気を切って——」

料理自体は好きなのに、不器用なせいか要領が悪いのかなかなか上達が見られない潤だが、ただ切って挟むというサンドウィッチだと間違いようがない。鼻歌だって歌えるほど調子よく手を動かしていると、玄関の方で音がした。

「——お帰りなさい」

しばらくしてキッチンに顔を出した泰生を潤は振り返って迎える。

朝一番にマンション階下にあるスポーツクラブでトレーニングするのが泰生の日課だ。今朝も潤がベッドの中でまどろんでいたときに出かけていく気配がした。潤は朝が弱いため、泰生に行ってらっしゃいと声をかけるのがなかなか出来ないのが悩みだ。

「ん、ようやくきれいになったな。つい最近まで白いあとが残っててどうなるかと思ったぜ」

潤のうなじを抱えるようにただいまのキスをした泰生は、安堵の表情で頰を見下ろしてくる。小さな傷だし痛みもほとんどなかったため潤自身はあっという間に忘れてしまったが、泰生はずいぶん気にしていたらしい。

先週、大学で垣原に資料を投げつけられて出来た頰の切り傷だ。

その日帰ってきた泰生にすぐに見つけられ、潤は簡単にだがサークル棟で起こった事件のことを語って聞かせた。話し終わると泰生は憤り「八束の言う通り、もっと痛めつけておくべきだった」と物騒なことを口にしていたが、それもこれも潤を心配してくれたせいだろう。

そしてなぜだか、別個に中之島のことを問いつめられてしまった。潤に好意を持っているはずだと断定して、大学での中之島との関わりをあれやこれや。泰生の鋭さに青くなりながら、けれどもう終わったことだからと潤は聞かれるままに話した。今はもう普通に友人だと主張するが、泰生は何だか衝撃を受けているようだった。

『お子ちゃまだと思っていた潤を男として本気で好きになる女が現れるとは』

とか何とか独りごちていたが、最後には潤に隙があったせいだと叱られてしまう。

「あの男、もう潤の前に現れていないんだな？」

どうやら泰生は潤を傷付けた垣原の存在をずっと気にしていたようだ。だから、潤は垣原の現状について話して聞かせた。

垣原のことは、確かにいろいろとショックだった。けれど、そういう人もいるのだと今回のことはいい勉強になった気がする。

八束の事務所でアシスタントになる覚悟を聞かれた際に泰生が言ったように、華やかな世界へ身を置くと決めたからにはこれから先いろんな人と出会うことになるだろう。今回のように人に嘘をつかれたり騙されたりすることもあるかもしれないが、だからといって人をまったく信じないのは寂しい気がする。

泰生のようにバランス感覚に優れているわけでも先見の明があるわけでもない潤にとっては、やはり手探りで一歩一歩、ときには誰かに助けてもらって先に進むしかないと思えるのだ。

泰生には泰生のやり方があるように、自分は自分のやり方で頑張るしかない。それによってもし心が傷つくようなことがあっても、自分が誰かを傷つけるよりましだと思った。もちろん、助け手を――信じる人間を見極めることも大事で、それはこれから勉強していくつもりだ。

「――何…ですか？」

そんなことを考えていた潤の顔を泰生がじっと見つめてくる。観察するような眼差しにどぎまぎしたが、泰生はふっと苦笑をもらして首を振った。

「あーいや、何だか潤の顔が一瞬変わったように見えただけだ。大人になったというか」

「大人って……おれはもう大人のつもりですけど」

潤が唇を尖らせると、泰生は驚いたように目を見張る。

「大人のつもりって、潤は自分のことを大人だって思っていたのか？　おい、まさか外で自分は大人だなんて言ってないだろうな？」

「え、え？」

確かに自分はまだ十九歳だし成人してはいないけれど、子供とは言えないはずで――？

問いつめるような泰生に、潤は思わず深刻な顔で考え込んでしまった。が、変な声が聞こえて顔を上げると泰生が肩を揺らしており、潤と視線が合ったとたん腹を抱えて笑い出した。

「いいよ、おまえいい！　その素直なところ、いつまでもなくすんじゃねぇぞ。大人になっても潤は潤のままでいろ」

「だからっ、おれは大人なんですっ」

笑い転げている泰生に恨めしい一瞥を投げたあと、潤はひとりさっさとサンドウィッチ作りを続行する。冷蔵庫からハムの包みを取り出していると、ようやく笑い終えた泰生が背後から抱きついてきた。

「ぶすくれんなって。んな顔をしても、ぷくぷく頬がさらにふくらんで可愛いだけだぜ？」

「ちょっ……もうっ、やーめて下さい。揺らさないでって」

泰生の胸にすっぽり抱かれてじゃれるように左右に揺らされると、恨めしさも解けていく。最後には潤もつい笑い声を上げてしまった。

「何作ってんだ？　お。このハム、マジ美味そう」

潤の顔の横から調理台を覗き込んできた泰生は、冷蔵庫から出したばかりのハムを指でつまんでひょいっと口に入れた。

「あーっ」

「うん、美味いな。どこのだ、これ？」

「何で食べちゃうんですかっ。サンドウィッチでじっくり美味しさを味わってもらおうって思っていたのに」

「サンドウィッチに入れても美味いって、ほら潤も食えばあいこだ」

「――むぐ」

新たに指でつまんだハムを口に突っ込まれてしまい、潤は目を白黒させる。その表情が面白かったのか、泰生は笑いながらハムの脂がついた指を口に咥えた。

うわ、何か朝から目に毒だ。

薄く笑った顔で親指を舐める姿は、開けっぴろげな男の色香を醸《かも》し出していた。トレーニングをしてシャワーを浴びたあと髪をあまり乾かさずに帰ってきたらしく、長めの黒髪はしっとりした艶を見せており、泰生のオリエンタルな香りもバスラインのせいかいつもより少し柔らかい。大人の男が家でくつろぐような隙のある雰囲気が色っぽく感じた。

泰生とは一年以上も一緒に暮らしているのに、今さら色っぽいとか目に毒だとか自分は何を思っているのか。呆れるやら恥ずかしいやらで赤面してしまう。心臓も変にバクバクしていて、急いで口の中のハムを咀嚼《そしゃく》し飲み下した。

「さ、さぁ！　サンドウィッチを仕上げなきゃ」

裏返ってしまった声で気合いを入れて潤はシンクへと向き直り、キッチンペーパーでレタスを挟んでむきになってパタパタする。そんな潤の肩に、泰生が顎を乗せてきたので飛び上がりそうになった。

「あーやしいな、変な声を上げてさ。顔を真っ赤にして人を見ていたかと思うと急に目を逸らすとか、朝っぱらから何を妄想したんだよ」

「しっ、してませんしてません。全然何もしてませんっ」

潤が勢い込んで言うと、潤の肩の上で泰生が小さく噴き出す。

「動揺してんの、バレバレ。繰り返してるぜ、同じ言葉を三回」

パニクるときの自分の癖を指摘されて、耳まで顔が熱くなった。逃げようとする前に、しかし後ろから泰生に捕まえられてしまい、潤は白旗をあげた。

「だから妄想とかじゃなくて、その……泰生がかっこいいなって」

「へぇ？　そりゃありがたいね」

「ひゃあっ」

ほてる耳をぱくりと食《は》まれて、潤は首を竦める。薄い耳殻《じかく》に歯を立てられると、へなへなと足から力が抜けていくようだ。シンクに摑まる潤を泰生も後ろから支えてくれるが、ぷるぷると震えている潤の耳にさらに唇をつけるといういたずらを仕かけてきた。

「――でも、本当は欲情したんだろ？」

低い声で囁かれて、潤は唇を噛んだ。びくりと全身が震えてしまい、泰生が含み笑いをする。

「朝からやーらしいな、潤は」

「……だって」

「だって、何だよ？　昨日はいやらしいことをしなかったから、たまっていたとでも言うのか。それとも潤は欲求不満だったたって？　あぁ、おんなじ意味だな」

泰生はにやにやして、潤の体を両の手のひらで大胆にまさぐってくる。泰生の手が行き来するごとにシャツに大きなしわが出来、また消えていくのを潤は震えながら見つめた。

そうかな。さっき泰生にドキドキしたのは欲求不満だったのか。

背中越しに感じる泰生の体が熱い。シャツを通して熱が伝染して、首の後ろ辺りがほてってきた。そのせいで吐息まで熱を持つ。

「でも仕方ないよな、潤は天然目小悪魔科エロエロ属だからな。エロエロ成分九十パーセントに天然小悪魔要素十ってところか。一日いやらしいことをしなかったせいで、潤の中のエロエロ成分が足りなくなったのかもな。ったく、燃費の悪い小動物だな」

「も……すぐそんなこと――んんっ」

変なことを言い始める泰生に潤は不満をもらしかけるが、俯いたうなじに泰生の唇が押しつけられてしまい、息を止めた。熱い唇は触れるだけでなく、そのまま肌をゆるく吸ってきて、思わず声がもれる。

「あっ……ん、んっ」

体をまさぐっていた泰生の手は、潤の胸の尖りを見つけた。指先で軽く引っかかれて、ひくんと反射的に腰が引ける。耳の後ろにキスをしていた泰生が喉で笑う声が聞こえてきた。

「でもエコにならなくていいからな。エロい潤がもっともっとって言うのがすげぇ可愛いから」

「も…うっ」

好き放題言われっぱなしが悔しくて、うなじに吸いつく泰生の唇を振り切るように首を振った。泰生はただ笑っただけだ。落ち着けとばかりに胸の尖りをシャツ越しに揉み込まれ、息をのんで固まった潤の首筋にまたかぶりついてくる。

「……っは、んんぅ」

朝からこんなふしだらなことをしていいんだろうか。休日の朝だし、朝からいやらしいことをしたのは初めてではないけれど、それでも潤は戸惑いを覚えてしまう。

泰生の言う通り、体はほてり泰生の愛撫を欲している。けれど、あまりにもすがすがしい朝の光が潤に背徳感を覚えさせるのだ。

「た…泰生、サンドウィッチ……」

「ん、食べるぜ。でも、潤が欲情してるのをほっといて朝メシを食べるほどおれも薄情じゃねえからな。先に潤の中のエロエロ成分を満たしてやるよ」

「でも、あ…朝だし」

「エロいくせに変に常識があるせいで恥ずかしがるところもすげぇ美味しい」

くくくと笑って、泰生は潤のうなじに派手に音を立ててキスをした。

「もういいから。ほら、キスしようぜ。キス――」

四の五の言わずに誘われとけとばかりに抱きしめられて、潤はおずおずと肩越しに背後を振り返った。後ろから、泰生が覗き込むように顔を寄せてきて唇が触れる。

「っ……ん、んっ」

唇を触れ合わせ、唇の先でつままれて甘く吸われた。唇が離れる瞬間、小さく音がするのが恥ずかしい。

「ふ……ぅっ…ん」

唇を舐められてわずかに口を開くと、その隙間をこじ開けるようにぬるりと舌が滑り込んできた。熱い舌が歯列を探るように口内を蠢《うごめ》いていく。

泰生の手は潤のシャツの裾をズボンから引っ張り出し、下からシャツの内側に潜り込んできた。背中に触れる泰生の体はこんなに熱いのに肌に触れた手はひんやり乾いていた。泰生の手に一瞬だけびくりとするが、ぺたりと脇腹に当てられると何だかホッとする。このまま動かずにいてくれたらの話だ。もちろん、そんなはずがない。

「うん、んん……んっ」

肌をさすられたかと思うと、揉み込まれて、何でもない箇所なのに肌がざわつき始める。脇腹から上がってくる気配を見せ始めた手を、潤は慌てて片手で押しとどめた。

「んんっ」

しかし、潤の動きを咎めるように唇を噛まれてしまう。力が緩んだ潤の手に、泰生の手は肌を伝い上がり、一番感じる部分に到達してしまった。

「は……ふぅっ、っ、んんっ」

乳首を指先に捉えられ、潤は膝がくずおれそうになった。マッサージをするように指先で揉み込まれて腰が揺れ始める。不規則に、淫らに、波打つ潤の体に泰生の唇が笑うのがわかった。

重ねて、思いもかけず長いキスに次第に呼吸が苦しくなる。

首を後ろにねじ曲げたような格好でキスをするせいか、いつも以上に呼吸がしにくい。泰生のもう片方の手に顎を取られ、キスをやめることも出来なかった。顔を真横に傾けるような泰生のキスは深くて、喉の奥まで舌が這いずる。そのせいで、さらに呼吸が出来ないのだ。

くらくらと眩暈がする。ちかちかと目の前に小さな星が飛んだ。

苦しくて、でも気持ちよくて、苦しくて、すごく気持ちよくて――――。

「く……っぅん」

足ががくがく震えており、シンクを握り泰生の腕にすがって何とか体を支えるが、泰生のキスと手淫が潤の体から容赦なく力を抜き出していくようだ。

泰生の指先が乳首の上を踊り、そうかと思えば指先でひねられて、潤は喉の奥でうめいた。うめき声さえ泰生の口に食べられて、腰を震わせる。

「んんっ、ん――……っ」

「っ、おっと」

とうとう体から力が抜けてくずおれた。床に倒れる前に泰生が後ろから抱きしめ、そのまま一緒に座り込んでくれた。

「は……っは、ふ……」

空気を求めてはくはくと唇を動かす。

目の前は紗《しゃ》がかかったような視界で、頭もぼんやりした。

「悪ぃ、キスで落としたか」

苦笑交じりに泰生が呟くが、その唇は潤の耳たぶを未だ口寂しいようにしゃぶった。いたずらな手はシャツの下でまた蠢き始める。

「んっ、ぁ……泰…生っ」

「そろそろ動けるか？　んじゃ、こっち向いて座れよ」

まだくにゃりと力ない潤の体を泰生が抱き上げるように動かした。大きなシンクを背に座り込んだ潤の、開いた膝の間に泰生が座る形だ。

潤の前髪を両手でかき上げながら顔を仰向かせると、また唇を寄せてくる。

「ん……」

今度は優しいバードキスを数度。その後、甘く吸いつくようなキスを繰り返していく。頬に添えられた泰生の手は、ときに頬にかかる潤の髪を耳へとかき上げてくれた。指先が生え際に触れると、小さな電気のようなものが生まれて肌があわ立つ。

泰生は本当に口寂しかったのかな……。

唇を何度も触れ合わせてくる泰生は、とても楽しげだ。満足げでもあって、潤の唇も綻んでしまった。

泰生がキスを好きなのは知ってるけれど、今日は特に甘い——。

キスだけで、先ほど高められた快感がさらに先へと進み出しそうだ。

体が熱くなり、肌の下をちりちりとした小さな痺れが蠢く。その落ち着かないような感覚が逆にすごく気持ちよかった。

「う…んっ、ん……」

泰生の肩に手を置いて、潤もキスに夢中になっていく。

ザラリと舌を触れ合わせ、そのまま絡め合うとそれだけで淫らな気持ちになった。柔らかい粘膜を擦りあわせる行為はセックスそのもののような感じがして強い官能を生む。深く折り曲げた膝がひくりと痙攣し、腰が跳ねた。

唾液があふれ、口からこぼれて顎を伝っていく。それをキスをほどいた泰生が追いかけていった。顎の先で捕まえて舐め上げたが、唇はそのまま顎の下へと移動する。

「ぁうっ……ぁ、あっ」

顎の下の柔らかい皮ふを何度も吸われると、仰け反った喉が思いもかけず甘い声を紡いでしまった。

「あ…泰っ…せ、泰生っ、ん、んっ」

泰生の唇に首筋を食まれて、喉骨にキスをされる。

泰生の腕は潤を抱きしめ、指先は頰や首筋をくすぐるだけなのに、体の奥からふつふつと情欲がわき上がってくる。肌の上を蠢く痺れは指の先端まで満ちて、潤を甘く苛んだ。

「潤はキスが好きだよな」

最後、チュッと音を立ててキスを落とした泰生が満足げに呟いたが、そのセリフには大いに反論したい。

キスは、泰生が好きなのだ。確かに自分も嫌いではない。どちらかというと好きな方だが、泰生の方が絶対——……。

キスの余韻で激しく喘ぎながら間近にある甘やかな黒瞳を見つめていると、心の中で呟いていた反論も次第に弱くなっていく。

やっぱりおれもキスが好きかも……。

潤が頷くと、泰生ははじけるように笑った。

「だろ？　キスだけですげぇ気持ちよさそうにするもんな。だからおれもつい夢中になっちまう。キスだけで一日すごせそうだ」

泰生の言葉に、潤もつい苦笑する。同時に恥ずかしさと嬉しさに瞼《まぶた》を伏せる。

何だ。そうか。自分のせいで泰生がキスをするんだ。キスが長引くのか。

一日中キスをするのは唇がはれる気がするが、少し楽しそうかも。

潤はついうっとり考えてしまった。

「少しはエロエロ成分も補給されたか。あぁ、でもキスだけじゃまだ足りないよな」

「もう、泰生はすぐ変なことを言うんだから。泰生だってエ…エロエロ属じゃないですか。おれだけそんなふうに言うのはやめて下さいっ」

潤がようやく反論すると、泰生の目が楽しげに細まる。

「いいぜ、エロエロ属けっこう。おれは自分がエロいって知ってるしな」

全然こたえてないっ。

唇を歪める潤を泰生はまた笑いながら抱きしめようとする。潤は何だかとても悔しくて、その腕をバシバシはねのけて抵抗した。

「何だよ、同じエロエロ属でおれと潤は仲間だろ。だったらそんなに嫌うな」

「仲間じゃないです。おれはエ…エロエロ属じゃないですからっ」

「でもなぁ、エロエロ属はいいけど、おれはどう考えても天然目小悪魔科じゃないだろ」

潤は抗議するのに泰生は全然聞いていないらしく、潤を囲い込もうと長い腕を伸ばしてきた。

それを潤は両腕で押し返すが、泰生に腕ごと抱きしめられて決着がついてしまう。

「泰生なんか、意地悪目おれ様科エロエロ属なんですよっ」

潤が悔しまぎれにとっさに言うと、一瞬の沈黙後、泰生が大きく噴き出した。

「そうか、おれは意地悪目おれ様科エロエロ属か。ククク、おまえってホント頭いいな」

「絶対おれをバカにしてます……」

笑いに揺れる泰生の体に抱きしめられながら、潤は噛みしめるように呟いた。

泰生に口で勝てるわけがなかったんだ。わかっているのに毎回むきになってしまう。

「なぁなぁ、しかし意地悪目って何だよ。おれ様科っていうのは納得するが、おれは優しいだろ？　だったら甘々目とかにしろよ」

「嫌です」

ぷいと顔を背けると、優しく髪の毛を引っ張られた。

「じゃ、エロ甘属でもいいぜ」

「エロ甘属――…それだったら」

考え込む潤に、やっぱやめたと泰生は呟く。

「潤と同じエロエロ属のままでいいや。まったく違う進化を経て同じ仲間になるって、なんかすげぇしな。しかもつがいだろ、おれたちって」

「っ……」

泰生も天然目なんじゃないだろうか。

殺し文句を口にされて、潤はくったり泰生の体に自らのそれをもたせかけた。

「どうした――？」

訊ねられて、潤は泰生にしがみつく。

「――成分が、まだ足りません」

絞り出すような声になったが、抱き合う泰生にはしっかり聞こえたらしい。やけにゆっくり体を起こして、泰生はにんまりと唇を引き上げた。

「いいぜ、たっぷり補充してやる。おれのエロエロ成分を分けてやるよ」

楽しくて仕方ないとばかりに笑う泰生は、潤のシャツを下から持ち上げる。

「ほら、潤。このまま自分で上げとけ」

「え……」

「両手で持ってろ。このまま、下げるなよ」

シャツの裾を強引に持たされて、潤は恥ずかしさに目を伏せた。

首近くまでたくし上げたシャツの下は、もちろん裸だ。医者の診察を受ける子供のような格好かもしれない。けれど、目の前にいるのは恋人の泰生だ。しかもセックスの最中で、たった今自分で愛撫をねだったばかり。

泰生の前に自分の弱点を晒すような格好にも体の奥がジンと疼いた。

「何もじもじしてんだ?」

泰生も、欲情している潤に気付いているのだろう。にやにやと唇を緩めっぱなしだ。

「こら、手を下げんな。ちゃんと持っとけよ」

「でも……あっ」

泰生が顔を近付けて、弱点である胸の先端にキスをした。思わず体を引いたが、後ろはシンクで逃げられず、そのまま乳首に吸いつかれてしまう。

「んんっ……」

　ぷっくりふくれた潤の乳首は泰生の口の中に消えている。あめ玉でもしゃぶるように口内で玩ばれて、小さな尖りはジンジンと疼き始めた。

「潤。脇は締めて、自分の体近くで握っとけ。シャツが下がってジャマだ」

　ちゅぷりと、音を立てて乳首から唇を離した泰生が叱る。

「それに――おれがやーらしいことしてるの、潤が見られないだろ」

　上目遣いに見られて、潤はカッと赤面した。それを見届けてから、泰生は改めて乳首に顔を近付ける。潤に見せつけるように、わざと赤い舌を伸ばしてみせた。

「ぁうっ、ぅ、うっ……ゃあっ」

　今から触れられるとわかっていて心の準備も出来そうなのに、舌先が触れた瞬間に高い悲鳴をもらしてしまう。いや、触れられるとわかるからこそ過剰に感じるのかもしれない。泰生のぬれた舌でくすぐられて、潤はたまらず体をよじらせた。

「こーら、潤」

「んんっ、ぁ…う――…んっ」

　舌で抉るように尖りをいじられてしまうと、潤はわけもなく何度も首を横に振る。腿がひくんと痙攣して、触れ合う泰生に自分が感じていることをまざまざと伝えてしまった。

と、泰生が喉で笑う。潤の立てた膝に手を置いて、怪しいタッチでズボン越しにさすり始めた。腿の表側を、そけい部をくすぐりながら泰生の手はきわどいところを掠め、今度は腿の内側を存分に撫で回した。

「ふ…ぅっ……、ん、んっ」

びくびくと何度も体が跳ねて、意識していないのに腰が揺れる。下着の中からぬれた音が聞こえてくるかと思うほど潤の欲望は熱く滾《たぎ》り、涙をこぼしていた。

「潤、手ぇ」

「っ…、だっ…て……ぇ、う…んんっ」

シャツを持つ手が震えて、力が抜ける。その度に、泰生から叱咤の声が飛んだ。

ひたひたと満ちていく快感に押し出されるように、潤の中からは力が抜けていく。ぶるぶると必死にシャツを摑んでいた腕は、いつしか泰生の頭を抱きしめるような形へ変化してしまっていた。

シャツの下に泰生が潜っていたずらしているような姿も、潤の官能を煽った。

「ん、んぁっ……あ、やぅうっ」

乳首を甘く吸われて、ときにゆるく歯を立てられると鋭い刺激が頭のてっぺんまで駆け上がっていく。舌先で押し潰されながら腿の裏側を指先で引っかかれてしまい、甘い声が立て続けにもれた。

「あっ、ぁ、あ…んっ」

快感を逃がすために体をひねったり仰け反らせたりを繰り返すうちに、いつしか潤の体はシンクに肩先を残すのみ。ぐずぐずと床に倒れ込んでしまっていた。

「すげぇ声、っんと、ゾクゾクする」

泰生がようやく体を起こした。

興奮したように赤い舌を唇にひらめかせ、潤のズボンへと手を伸ばしてくる。ジッパーを下げて下着の中から潤の欲望を取り出した。

ぼんやりと見上げる潤の視界で、泰生も自らの屹立をあらわにする。

「とりあえず、一度いっとこうぜ――一緒に」

内緒話のように泰生が声をひそめる。潤もがくがくと頷いた。

「んっ…あぁ……」

泰生が腰の位置を調整して、潤の屹立と自分のそれを一緒に握った。火傷しそうに熱くて固い泰生の欲望を敏感な部分で感じて、潤の口からはため息がこぼれる。

大きな泰生の手はふたつの肉棒を摑んだまま、ゆっくり上下に動き始めた。

「あぅっ、ん、んっ」

欲望をストレートに刺激されて、快感は一気に昂った。泰生も同じくらい感じてくれているのが伝わってくるだけに、潤はもう我慢出来ず嬌声を上げる。

「ぁあ、ぃや……泰、せ…、いやっ」

すっと長くてきれいな泰生の指が、下肢で卑猥に動いていた。潤の欲望はしとどに涙をこぼしており、泰生の指を汚していく。

それが恥ずかしくて、申し訳なくて、ひどく興奮した。

「ぁっ、ぅんっ……ぁ、っあ」

「っ…は、たまん…ねっ」

泰生の掠れた声に、潤の体の奥でどんっと音がした気がする。体の中で逆巻く快感があまりにも濃度が高くなりすぎて爆発したのかもしれない。

腰が震え、体がこわばり、潤は高い声をもらしていた。

「ぁ…あぁ――――っ」

「く……っ」

潤が吐き出した精は泰生の指をぬらしたが、一瞬遅れて泰生も吐精したのを見て、潤はもう一度軽くいったような感覚を覚えた。

「は、はっ……っ、は――…」

「んーっ。すげぇ気持ちよかった」

潤の肩に額を預けて泰生が倒れ込んできて、潤も泰生の髪に頬を埋めるように首を傾ける。泰生の重みが心地よかった。

体に力が戻ってきたのか、泰生の背中を潤は無意識に撫でさすっていた。

「よし。じゃ、本格的に潤のエロエロ成分を補充してやらないとな――」

起き上がった泰生が、満面の笑みを浮かべて潤へと手を伸ばしてくる。

「えっ、あの今ので……」

何でそんな上機嫌な顔でのしかかってくるんだろう。

脱ぎかけだった潤のズボンを強引に下着ごとはぎ取ってしまった泰生に、潤は顔色を変えて起き上がろうとする。しかし、泰生はわざと作ったような不審顔で潤を見下ろしてきた。

「おれとは違って潤のエロエロ属は、ここからエロエロ成分を充塡《じゅうてん》してやらないといけないって、おまえ知らないのか」

当たり前のことを聞くなと言わんばかりに肩を竦め、泰生の手は潤の臀部をいやらしく揉み込んでくる。

ここに充塡って――…。

二の句を告げない潤に、泰生はにやりと唇をめくるように笑った。

「おれの愛とエロをたっぷり注ぎ込んでやる――」

「っ……」

強烈な色気に当てられて、抵抗する気力を失ってしまった。そうでなくとも、強引な泰生に潤が勝てるわけがない。

抱きしめてくる泰生の腕に、潤は自分から身を委ねてしまった。


「ほら、我慢してないでおれに摑まって歩け」

泰生が伸ばしてくる手を、潤は頑なに首を振って辞退する。

「ったく、強情っ張りが」

「あの、何だったら泰生だけ先に行って下さい」

「ばーか。んなフラフラしてる潤を置いていけるか」

泰生が眉をひそめてため息をついた。

朝から濃厚な情事に耽ってしまった潤と泰生は、昼すぎに八束の事務所でミーティングがあったのを危うく忘れるところだった。慌てて作りかけのサンドウィッチをコーヒーで流し込んでマンションを飛び出してきたのだが、朝から酷使された潤の体で急ぎ足というのはなかなかにつらい。それでも頑張って歩いていたのを、泰生に見抜かれてしまったのだ。

休日の人通りが多い街中で、泰生の腕に摑まって歩くのは潤には出来なかった。

「仕方ないな」

呟いた泰生が、携帯電話を取り出してどこかへかけ始める。どうやら八束へ多少遅れる旨の連絡を入れているらしい。潤は申し訳なさにあわあわするが、泰生自身もう急ぐ気もないようで立ち止まったままだ。気にするなとばかりに、潤に向かってひらひら手を振ってくる。

「あぁ、んじゃ。そこで――」

「……すみません」

通話を終わらせた泰生に潤はしょんぼり謝った。

泰生のアシスタントスタッフに見習いとしてついたばかりなのに、約束の時間に間に合わないという失態を犯してしまった。面目ない限りだ。

「謝るな。今日のはおれも悪い。つい夢中になってがつがつ食っちまったからな。偶然にも八束も寝坊したようだし、今日のところはお互いさまだ」

苦笑して、泰生は目の前にあるカフェへ潤を連れて行った。

どうやら八束も今かけた泰生の電話で起きたらしく、食事もかねてカフェでのランチミーテイングに変更になったようだ。

潤も少しだけホッとしてテーブルについた。泰生は飲みものを注文したあと、八束が来る前にちょっと話しとくかと口を開いた。

「今回の八束んとこの仕事については、演出がどんなものかわかってもらうためにひと通りおまえを連れ回す予定だ。おれがどんな風にどんな仕事をやっているのか、おまえには隣で見ていてもらうが、今回のところはまだそれだけでいい」

泰生の演出の仕事を間近で見る機会が多くなりそうだと潤はワクワクした思いで頷く。

「だが、しっかり見とけよ？　実際、潤に本格的にアシスタントの仕事をしてもらうのは大学卒業後になる。その時のために、今は少しでも多くのことを感じ取って吸収する時期だ」

「はい」

浮かれた気持ちを諌《いさ》められて、潤は神妙に返事をした。そんな潤に苦笑して、泰生は言葉を継ぐ。テーブルに置いた潤の手を、泰生が宥めるように軽く触れてきた。

「潤はまだ学生だが、学生だからこそ今は知識を広げたり深めたりするのも仕事のひとつだと考えろ。急がなくていい。自分の出来る範囲でついてこい」

泰生の力強い言葉に、潤は胸を衝かれて何度も頷いた。

泰生は潤に特別に何かやれとは言わない。今だって自分の出来る範囲でと曖昧だ。それは無理をするなということなのだろうが、同時に何をどれだけするのかは潤に任せるという意味でもあるように感じた。それを判断するのも度量だというように。

優しいけれど、甘やかしてもくれないんだよね。

けれど、そんな泰生だから逆にやる気が出てくる。

潤の見習いアシスタントはスタートしたばかりだ。泰生の仕事に自分が関われることは本当に楽しみだし、泰生と新たな関係を築いていくことにも高揚感を覚えた。

そのために、自分を磨くことさえ今はワクワクした気持ちになっていた。

「――お、来た来た」

泰生の声に顔を上げると、窓の向こうに八束が歩いてくるのを見つける。窓越しに手を振ってくる八束に、潤は笑顔を浮かべて姿勢を正した。

Fin.

あとがき

こんにちは。初めまして。青野ちなつです。

この度は『誓約の恋愛革命』をお手に取っていただき、ありがとうございます。恋愛革命シリーズも七巻目になります。感無量ですっ!

今回は潤の大学生活を中心にしたお話になります。潤の学生態度が真面目なので話自体少し地味かなと思っていたのですが、担当女史からは「華やかですね」とのお言葉をいただいて驚きました。ということで、華やかだそうです! まだお店であとがきを読みながら購入を迷っているという方は、ぜひぜひ担当女史の感想を参考にして下さい(笑)。

潤の学生生活を描いたためか、登場するキャラが少し多くなりました。大山くらいしか友人がいなかった潤にもちゃんと仲間が出来ていることを書きたいなと以前から考えていたので、今巻はその辺りにたっぷりページを割けて嬉しかったです。周囲の人たちと関わるごとに潤と泰生のラブラブ度が深まっていくところも楽しんでいただければと思います。

実は、ふだん私が小説を読む場合に登場人物が多いと混乱してしまう人間なので(海外小説などはカバー見返しにある登場人物紹介欄が必須です!)、自分で書く場合も出来るだけキャラを増やさないようにしています。ですが、シリーズも七巻目だしと(今回私にしては)ちょっと冒険してみました。お読みになった方にはあれだけで?と言われそうですが……最近、そういう記憶力のなさは自分だけなのかもと密かに思い始めています。

今回、諸事情によりずいぶんタイトなスケジュールになりました。大変ではありましたが、思った以上にスムーズに作業を進めることが出来たのは、ひとえにいろんな方が協力して下さったおかげです。特に、お忙しいなかイラストを引き受けて下さった香坂あきほ先生には感謝の言葉もありません。まだイラストは拝見しておりませんが、本が出来上がってからのお楽しみと今からワクワクしています。いつも素敵なイラストを本当にありがとうございます。

また、担当女史にもお世話になりました。ずいぶんご無理をしいたようで、今後一生関東方面には足を向けて眠れないと思っています。いろいろとありがとうございました。そして、まさかお正月にゲラが届く日が来ようとは思ってもいませんでした。元旦も宅配便は動いているんですね…。ひとつ勉強になりました(笑)。

最後になりましたが、ここまでお付き合い下さった読者の皆さま、この本の出版に携わって下さったすべての方々に深く御礼を申し上げます。

また次の本でもお目にかかれますように。

二〇一三年　沈丁花の咲くころ　青野ちなつ

初出一覧

誓約の恋愛革命　／書き下ろし

B♥PRINCE
http://b-prince.com

B-PRINCE文庫をお買い上げいただきありがとうございます。
先生へのファンレターはこちらにお送りください。

〒162-0825
東京都新宿区神楽坂6-46　ローベル神楽坂ビル4階
リブレ出版(株)内　編集部

誓約《せいやく》の恋愛《れんあい》革命《かくめい》

発行　2013年4月6日　初版発行

著者　青野ちなつ

発行者　塚田正晃

出版企画・編集　リブレ出版株式会社

発行所　株式会社アスキー・メディアワークス
〒102-8584　東京都千代田区富士見1-8-19
☎03-5216-8377（編集）

発売元　株式会社角川グループホールディングス
〒102-8177　東京都千代田区富士見2-13-3
☎03-3238-8521（営業）

印刷・製本　旭印刷株式会社

小社ホームページ　http://asciimw.jp/

Printed in Japan
ISBN978-4-04-891505-2 C0193

B-PRINCE文庫

好評発売中!!